U0540739

见识城邦

更新知识地图　拓展认知边界

日常的深处

王小伟 著

中信出版集团｜北京

图书在版编目（CIP）数据

日常的深处 / 王小伟著. -- 北京：中信出版社，
2023.11（2024.5 重印）
ISBN 978-7-5217-6080-4

Ⅰ.①日… Ⅱ.①王… Ⅲ.①随笔－作品集－中国－
当代 Ⅳ.① I267.1

中国国家版本馆 CIP 数据核字 (2023) 第 200907 号

日常的深处
著者： 王小伟
出版发行：中信出版集团股份有限公司
（北京市朝阳区东三环北路 27 号嘉铭中心　邮编　100020）
承印者： 北京盛通印刷股份有限公司

开本：880mm×1230mm 1/32　　印张：8.75　　字数：100 千字
版次：2023 年 11 月第 1 版　　印次：2024 年 5 月第 6 次印刷
书号：ISBN 978-7-5217-6080-4
定价：58.00 元

版权所有·侵权必究
如有印刷、装订问题，本公司负责调换。
服务热线：400-600-8099
投稿邮箱：author@citicpub.com

目　录

推荐序　简单又扎实的生活　　i

序言　回到事物本身　　xi

第一部分

第一章　吃饱与吃好　　3

　　饥饿是一种慢性病　　3

　　天天叫外卖的两口子是容易散伙的　　9

　　食物营养主义　　14

第二章　家的构思与营造　23

　　"买房了吗？"　23

　　城里的房子　28

　　居家是一种治疗　34

　　空间与人格　39

第三章　衣服：一块仪式化了的布　45

　　穿衣是门学问　45

　　怎么穿与穿什么　49

　　衣物的解放　53

　　纺织品大泛滥　57

第四章　林中路与康庄道　63

　　道路≠通勤　63

　　行走　70

　　小路，才是用来回家的　73

第二部分

第五章　电视的堕落　83

　　电视的多面性　　87

　　有电视的童年　90

　　"虚假需要"生产机　95

第六章　小城打印店　101

　　五笔打字　101

　　从书法到纯工具　104

　　文字的祛魅　111

第七章　录像厅与大启蒙　117

　　崇高与暴力　122

　　作为观赏对象的性　128

　　录像厅与现实+　131

第八章　巨机器学校　135

　　不开心的场所　135

　　夸美纽斯批判　137

　　附近的学校　140

　　大校与暴力　146

第九章　巫与医：体验治疗　153

　　焦虑　153

　　看病贵　155

　　排队维修　162

　　核磁共振仪　165

　　医与巫　168

第三部分

第十章　手机与现实生产　175

　　大哥大　175

　　来自"庞然大物"的威胁　180

　　形而上学快乐机　185

第十一章　微信与分享的俗化　193

　　电子镣铐　193

　　微信恐音症　195

　　愚蠢的罪证　198

　　分享的俗化　201

第十二章　断舍离与囤积癖　209

　　物尽其用　209

　　断舍离　214

　　崇物　218

后记　生命中的真问题　225

推荐序　简单又扎实的生活

中国人民大学哲学院教授　周濂

小伟的新书《日常的深处》即将付梓，嘱我作序，我二话没说就答应了下来。之所以如此爽快，一是因为他在人大的"水穿石"请我吃了芝士牛肉饭，二是因为我想要先睹为快。实话实说，在此之前我只读过他的一篇文章（这本书第十二章《断舍离与囤积癖》)，但就是这一篇文章让我对他的文字和思考大为赞赏，并因此对新书充满期待。

说到这篇文章，我还与朋友产生过小小的争论，当时我现学现卖地告诉对方："你喜欢断舍离，她喜欢囤东西，本质上是对人和物的不同理解。"千万别误会，我之所以喜爱这篇文章，不是因为它提高了我吵架的能力，而是因为文中展现的体察与同情，纤细和敏感。

比如这段话："人都是物品依恋者，'物'是走入精神深处的梯子。我们经常说待人接物，接物的态度很大程度上反映待人的态度。如果你真的去践行断舍离，反倒可能会变成一个冰冷的人，没法自然地待人，要过一个很萧条的人生。"

再比如这段话："最神奇的是，这些满载过去的物件，其实是储存在未来之中的。老人们经常说，这些东西不要扔，以后还能用得到。这提示我，未来用不到的东西，就真的无处安放了。对老人来说，旧物实际上是不是将来用得到不重要，真正重要的是将自己看成一个有未来的人。"

老实说，每次读到上面这段文字，都会让我的内心咯噔一下，然后想起与老妈的各种口角与搏斗，虽然这样的反省不会改变我的立场，但会让我更同情地理解老年人的动机，并对自己的出言不逊和不体谅而深感懊悔。

我认为这正是有生活质感的哲学思考带给读者的最大馈赠：它不是悬浮在空气稀薄的高空，用上帝的视角审视众生，拿抽象的原则评判万物，而是沿着日常语言和具体事物的脉络，通过讲事理而不是讲道理，来打开理解的可能性。

在后记《生命中的真问题》中，小伟非常清晰地表达了自己的哲学观，"哲学如果是一堆概念，把听众侃晕，那哲学家和饶舌歌手是没有差别的，拼的主要是语速和愤怒。哲学应该有另外的样子，它要不就去找世界的根本结构"，"要不就去回应每个人生命中非常具体的真问题"。

这本书回应的就是小伟"生命中的真问题"。这些真问题包括：为什么会如此怀念过去的物件？为什么自行车比汽车似乎更能承载？为什么炉子比暖气更暖人心？有人或许会说，这些问题过于地鸡毛蒜皮甚至无足轻重，哲学家难道不应该像苏格拉底那样发问：一个人应该如何生活？仿佛只有这样的普遍问题才是真正的哲学问题。

对此小伟有自己的回答。在他看来，如果一个人不是特别自恋，"就会承认人生不需要意义，人生可能需要刻画"。如果向人生强索意义，就会忍不住去"总结"人生，然后拔高自我。以上表述存在被误读的危险，按照我的理解，小伟当然也追问人生的意义，只不过他希望把握的意义，不是通过抽象总结、强行追加得到的，而是通过一笔一画地刻画人生，从日常生活的细枝末节处自然浮现出来的。

小伟的专业方向是"技术哲学"。很长一段时间，我对技术哲学都存在望文生义的误解，以为这是一门为技术做辩护的学问，直到最近才明白过来，原来技术哲学恰恰是"反技术"的，原来技术哲学的研究者大多不是"技术主义者"，他们不仅"向前看"，思考技术时代可能存在的风险，而且还"向后看"，反刍自己与技术的各种遭遇，并细致地描述技术对生活世界的影响。

《日常的深处》就是这样一本"向后看"的书。经历过上世纪八九十年代的中国人，都对物质生活肉眼可见的丰富有着切肤之感。或早或晚，家家户户都欢天喜地地搬进了电视机、电冰箱、洗衣机。仿佛一夜之间，人们的衣、食、住、行就发生了翻天覆地的变化。那是一个"向前看"的时代，社会上洋溢着进步主义的乐观情绪，完全没有身为形役或者心为物累的倦怠感。不知从什么时候开始，现代科技的便利性带来的幸福感消失不见了，美好生活就像是赛狗场上的电兔子，被身后层出不穷的新技术穷追不舍、死咬不放。小伟试图透过自身的经验和长辈的回忆去"向后看"这段历史，通过刻画人与物的关系，来解释"为什么在之前的岁月物件是如此金贵，仿佛是家庭的一个成员，而现在的物件变成了纯粹的商品，只剩下干瘪的使用价值"。

在我看来，这是一本无法被定义和归类的书。虽然小伟借鉴了现象学技术哲学的许多技法，比方说第四章《林中路与康庄道》对海德格尔现象学方法的致敬，第十章《手机与现实生产》对伯格曼的壁炉的发挥。然而这既不是一本技术哲学的学术专著，也不是一本技术哲学的普及读物。也许小伟正在创造一种新的文体形式：它是散文，是文化批判，是人类学考察，是从感觉出发的技术哲学思考，更是带有强烈个人视角风格的微观生活史。

专业人士常常会掉入"知识的诅咒"，总是把最熟悉的东西当成是理所当然的，比如生物学家会想当然地认为地球人都知道"自然选择"是什么意思，哲学家会想当然地认为地球人都了解库恩的"范式转换"，小伟没有这个毛病，他几乎是刻意在与理论和术语保持距离，尽量不"拽"术语和大词。小伟的文字自然、素朴、家常，自带独特的节奏感和韵律感，时有让人忍俊不禁的幽默与自嘲。比如他写居家型男人的状态："四五月份天气好，会议多，正赶上金鱼追尾季，雄鱼日夜追着雌鱼屁股跑，缸里水花四溅。开高端思想研讨会中间特别担心雌鱼憋卵，在会场会突然陷入沉思，被不了解的人认为是具有显著的哲学气质。"

小伟就像是表演体系中的体验派，真听、真看、真感受，以亲历者的身份刻画人-物的关系，而不是以研究者的身份对事物进行瞠目凝视。这样的写作方式，我愿意把它称作物我相关的"沉-思"，而不是物我两分的"反-思"。"沉-思"的重点是沉浸式的，它不可避免地带有第一人称视角——"我"的体验和体温，而"反-思"则是对象化的，它以客观的名义与物拉开距离，因此也割裂了与物的关系。正因为有了"我"的体验和体温，在日常的深处，人与物就构成了意蕴丰富的因缘关系。读完这本书，如果让我再去回应那位主张断舍离的朋友，我会这样告诉她：你如何理解人，你就如何理解物，你如何看待物，你就如何看待人。

第一人称视角的"沉-思"好比私人絮语，私人意味着排他，但是读《日常的深处》，却时常会唤醒我的回忆，有一种越是私人的才越是公共的奇特效果。比如小伟写饥饿的记忆：老王讲中国史时说，"清朝腐败，帝国主义无不把中国当作一块大肥肉。我当时就非常困惑：为什么不是一块瘦肉？肥肉难吃啊！"就让我想起小时候在梅干菜炒肉里翻翻拣拣找瘦肉的画面。再如他写刻蜡版的过程："薄薄的一层纸上满涂油蜡，用一个带钢尖头的笔在蜡纸上刻出凹痕，再用滚筒压印。油墨钻进凹痕中，就印在了纸面上。"我立刻就从中看到了小学语文许老师的笔迹和神情。

唤醒回忆和引发共情还是次要的。小伟的野心——虽然他没有直说——是通过刻画具有时代意义的物与人的关系来重建一个"共同的生活世界"，虽然它已经消失在时间的灰烬里，但它的确真实地存在过，那是他留恋和向往的"真实生活"，这种生活最为显著的特点在于它是"身体性的、关系性的、沉浸其中的"。也因为此，这种生活的意义不是总结和强加的，而是源始自然、浑然天成的。

我特别喜欢书中的这句话："小路，才是用来回家的。"这本书就是回家的小路。如果说未来的技术会给世人呈现出"一个近在眼前而又永不能及的理想生活"，那么在小路的尽头，则会有属于每一个人的近在眼前且触手可及的生活，它真实且美好，简单又扎实。

谢谢小伟给我们展示了这样的可能性。

序言　回到事物本身

自从有了小朋友，很少能碰电视。半夜刷短视频，看到这么一个情节，说是有一个20多岁的年轻日本女性，很想吃妈妈做的炖肉。不过她的母亲已经过世五年，她把妈妈最后做的炖肉一直保存在冰箱冷冻室中，没舍得扔。后来，在技术专家和厨师的帮助下，又把这道菜重新做了出来。女士夹肉进嘴，熟悉的味道让她痛哭流涕。这件事儿让我心头一紧。作为一个骄傲的人，这种心头一紧的感觉让我很警惕。首先，我母亲身体不错，我们俩关系也较平淡，关键是她不擅长炖肉，主要特长是烹饪面食。后来我认真梳理了一下这种感动，认为我之所以看到这个节目会心头一紧，不大可能是因为对母亲的眷恋，而是我已经到了四处感动的年纪。

一个男人心肠变软，常常要眼含热泪的年纪大概要从三十五岁开始，单身人士要往后顺延五年，此时他可能正在经历中年危机，处于心理脱壳期，特别脆弱，逢年过节发微信，还容易吟诗作赋。我从二十多岁起就一直在准备应对中年危机，生怕没准备好。抱着这种早鸟心态，无论在心态上还是在身体上都为克服危机付出了不少努力。但这样是不明智的，因为为了克服危机，我过早地考虑了中年以及老年的问题，使得心蒙上暮气，反倒更早进入了危机阶段。不过好在现在从事哲学研究工作，这种早衰尚可以伪装成深沉。随着年纪的增长，我在疫情期间半夜容易醒来，逐渐开始刷怀旧短视频，对八九十年代的老物件表现出深沉的感念。

这种敏感的心灵显著地改变了自己的行为。往年回老家，吃完就走，很少回头。前段时间回了趟老家，临走我居然拿着手机在房间里到处拍照，希望能够把房里每件物品都录下来，留在夜里偷偷看。在有点凌乱的房间里，我注意到几个物件。一个是我在高中念书的时候，在地摊上捡的一对儿石膏狮子。石膏这种东西惰性非常强，既不发霉也不腐烂，但是岁月从它身上经过，还是有所腐蚀。石膏已经变得非常蓬松，整个表面布满了细小的孔洞，轻轻一吹，狮子的眉眼就全部消失了，吓了我一跳，才知道时间其实还是蛮锋利的。

还有几处门上挂的手提袋，看着挺好，一摸全碎了，变成了粉末。这才发现，并不是所有的袋子都很难降解。那时候，我恨不得它是一个不太环保的袋子，能坚挺一些。在屋里到处乱走、四处翻腾的时候，我在堆放的家具中又发现了一个洗脸架。洗脸架在七八十年代的中国非常流行。它是一个木头的架子，四个腿，下面可以放个脸盆，中间有个盒子放肥皂，上面有地方挂毛巾，漂亮点儿的上面还能镶面镜子。洗脸架和一般的家具不太一样,它一般都是实木做的,不是三合板,并且装饰性比较强。当时在中国很多家庭里,早晚的洗漱都是在洗脸架上完成的。

这个洗脸架瘸了腿,有一条腿腐蚀严重,颜色也变得非常暗淡,从原来的鲜红色变成了棕褐色,躺在角落里奄奄一息。经打探得知,洗脸架是父母结婚时,娘家给出来的陪嫁。过去陪嫁的柜子早已不大能用了,搬了几次家,丢掉的可能性大。但是这个洗脸架装饰性很强,居然还留下来了。我当即想把它解救出来,给它装上新腿,翻新一下,让父母回忆其甜蜜岁月。我站在原地琢磨,这个洗脸架可能就像日本母亲留下来的炖肉一样,是一个通向旧时光的门厅。但修旧如新的主意遭到了父母的强烈反对,我妈对我爸向来不满意,她担心每次看到架子都后悔嫁错人,我爸觉得把这么一个旧物件放在家里,完全不能表明我们走入了现代生活。

在和父母有限的交流当中，我大概理解所谓"现代生活"应该就约等于"美好生活"。"60后"小时候物质并不是特别充裕，他们所理解的现代生活曾经仅限于"电灯电话，楼上楼下"。现在这些东西早已实现，但我观察到他们并没有觉得生活特别美满。现代生活的便利性所产生的幸福感，常常要通过忆苦思甜来实现。我发现有个办法对付老人特别管用。每次出现不管原因为何的争吵，只要稍微引导他们谈论自己的童年，在一通回忆之后，他们就会坐在空调房里抚摸沙发扶手，表情就会逐渐舒展开来。不过这种办法也不总有效，美好生活的定义还在流变，近来大概指观景大平层、满屋的红木家具以及常备同仁堂安宫牛黄丸。如果还要再丰富一点，可能要添上一个超白鱼缸，养十几条兰寿。

但我从小就没有对这种"现代生活"有特别的渴望。"80后"在小的时候，不少人家里边已经有电视、冰箱、洗衣机，家用电器已经比较常见。坦率地说，我并没有觉得当下的生活和小时候的生活在便捷性上差距有多大。小时候"没的吃"这种叙事，在我们这代人身上不太讲得通。现在有了自己的孩子，老人还要重复"没的吃"的叙事，跟小朋友说现在生活好，他们小的时候没上过幼儿园，家里没有电视，还经常吃不饱，一度导致小朋友追着我问，爸爸小时候有没有鸡腿，有没有沙发，有没有冰箱。我怀疑他幼小的心灵并不关心我小时候的处境，而是为了显示他小时候的优越。每次他发现自己的父亲小时候也上过幼儿园，也和他一样看《葫芦娃》的时候，都会陷入明显的失落。

抬头看老人，低头看孩子，这让一个中年男人的视野伸得极长，触及新生与死亡，因此心理逐渐脆弱，并容易热泪盈眶。前次回家，看到家族里的老人渐渐离开，祖宅也在风雨中倒塌。在我最模糊的记忆中，老房子都是凿泥做砖，茅草覆顶，最终隐入烟尘，一点痕迹都留不下来。随着年龄的增长，我逐渐感到这个世界不怀好意。小时候总是盼着长大，感到世界属于自己，并经常充满善意。大人一见你就笑，一到过年就发糖，所有人都奉承你，夸你是一个聪明的孩子。现在就不同了，我整天奉承自己的孩子，并看着一些人陡然变老，看着很多事物凋零。

不过，我并不想追问人生的意义，虽然这像是中年人的必答题。每次在机场都能看到以"通往幸福之路""大宝法王讲人生"为卖点的书，就连人民大学图书馆借阅榜第一名居然也是阿德勒的《自卑与超越》。看来追问人生意义是个时髦的活动。人生有什么意义以及什么是幸福的人生，或许压根就是一个错误的问法，就像问男生孕期有什么感受一样。

人生不必有什么意义。不能因为我们想问什么，人生就必须有什么。追问人生意义通常是一件非常自大的事，无非是要证明自己是配享生活的。据我观察，如果一个人告诉你人生的意义就是搞钱，他/她通常就正在搞或搞了不少；如果一个人说人生的意义在于奉献，且他/她不是你的老板，多半是自己没少受委屈，亟须得到自我确证，讲这话带娃的老人较多。

如果你不是特别自恋，就会承认人生不需要意义，人生可能需要刻画。每一个中年人的任务，如果他/她足够严肃的话，都是去刻画人生。不要强迫性地给人生追加意义，再试图去总结它，还要从中悟出什么道理来，这些努力的东西可能是虚荣的，都是为了证明自己是有价值的。其实挺多不爱故作深沉的人都正在尝试刻画人生，而非总结人生，这充分体现在怀旧的影像中。在短视频平台常常能看到各种各样的怀旧段子，小红书上充满了各种怀旧帖子。一把旧椅子，一条小黄狗，外面雨打芭蕉，老人在家里做针线活。舒缓的小提琴响起，下面跟帖无数，纷纷倾诉。

这给人造成了一种印象，仿佛在物质生活高度繁荣的今天，人们更愿意回到曾经相对贫乏的过去。当然，我清醒地知道他们不是真要回到过去，只说明他们真的"想"回到过去。这种对过去生活的罗曼蒂克的想法特别值得玩味。想回到过去的原因有一部分是很矫情的，是想要变得年轻，而不必承担现代生活所带来的各种成本。除了这个较为偷懒的想法之外，对过去的追忆也有体面的部分。

这个体面的部分就在于今天的人总感觉到被外物所累，为获得吃穿住用行诸多物品感到疲惫，他们想要重回人与物的和谐关系。东西越多越累是一件很反常的事。八九十年代的人同样需要这些东西，基本的电器品类在当时也逐渐流行开来，但并没有让人那么烦闷。每添加一样东西，常常令人精神百倍。以前一台电视百家看，越看越热闹。现在每个人守着大屏幕，常常感到孤独。这种孤独的成分非常复杂，需要细致的精神化学分析才能刻画清楚。

我一直在琢磨一种恰当的、刻画生活的手段，去帮助自己梳理内心。为什么会如此怀念过去的物件？为什么自行车比汽车似乎更能承载？为什么柴火灶比煤气灶烧菜更香？为什么炉子比暖气更暖人心？刻画生活的现有手段有两个。一种是写回忆录。这种方法的门槛比较高，回忆录不是一般人可以写的，通常要等到一定级别，退休之后自己口述，交给秘书来写。我不够老也不够成功，也没能配上秘书，使得这种写作方式不可企及。另外一种思路是把它写成学院风，从一个旁观、第三人称的视角去刻画物语、人生。

在大学教科技哲学，我有机会接触有洞见的思想，在自己的阅读范围里，从物品角度来刻画生活的尝试并不算少。海德格尔（Martin Heidegger）写过锤子，伯格曼（Albert Borgmann）描写过壁炉，阿多诺（Theodor Wiesengrund Adorno）谈论过收音机，鲍曼（Zygmunt Bauman）讨论过快餐，阿伦特（Hannah Arendt）谈论过洗衣机，鲍德里亚（Jean Baudrillard）琢磨过汽车，费耶阿本德（Paul Feyerabend）讨论过自行车，斯特拉瑟（Susan Strasser）讨论过冰箱，伊德

（Don Ihde）讨论过电视……这些人都试图从一个新颖的视角去观察我们的历史，他们的核心洞见在于指出人的主体性是在与物的交往过程中不断建构出来的。

但我不打算写本哲学专著，我尊重表达壁垒，学术和散文各有各的腔调。不过可以吸收一些哲学视角，将之熔为一炉，用以观察陪伴我们的各色物品。法国哲学家拉图尔曾经写过一本书叫《重组社会：行动者-网络理论导论》，这本书给我不少启发。该书指出，描述一个行为的发生，不应该仅仅把人当作主体，把物忽视了，而是应该把人和物放在一个对称的地位上去观察行为是怎么通过人和物等一系列参与者的互动形成的。

挺遗憾的是，至今还没有一本通俗的著作去把物当成主角，从物切入去刻画我们共同走过的一段集体历史。仅把人当成主角的写法略显自恋，且有点活力歧视。人最有活力，所以要当主角。动物的活力稍微差点，可以演寓言。物品没活力，不值一提。这是不大公平的，物品似乎从来没能在一出戏、一个故事里成为一个核心。它总是隐没在背景里，被使用，被摆弄，我打算写一本以物品为主角的小书，以此来刻画一段人生。

关于过去技术物的记忆，首先要提电视。我依稀记得小时候和家父抢电视看。他最喜欢看美国的译制片，从来不看港台武打片，而我最喜欢看动画片和武侠片，这导致我们经常出现争执。当争得非常激烈时，老王会一气之下把电视关了，让大家都看不成电视，我会迅速跑过去把遥控器抓在手里，一通狂按，想在最短的时间内把电视打开。这个时候议程常常突然转变，老王会说：

过五分钟再开机，电视不能一会儿开一会儿关。

本来是争吵着看什么节目，冷不防地变成了电视要如何开关，这种转变需要严肃对待。时过多年，每当我想起这件事就会觉得很感慨，为什么当年的电视要过五分钟才能开，而现在的电视恨不得二十四小时待机？再后来学电脑，电脑关机以后老师也说过五分钟才能开机，不能一会儿开一会儿关。后来空调也要这么操作，继而很多家电都遵守了五分钟逻辑。过五分钟再开的情况今天早已不在。和一个"00后"谈论这种生活体验，他们会觉得莫名其妙。

今天这个五分钟突然间丢失了，在我们的生命当中，再也没有这五分钟。所有的东西都处于二十四小时待机状态，随时点亮、立等可取。所有的技术都不再需要人的照顾，都不配花心力。这几十年过去，所有的东西都失去了它的金贵性，就连五分钟都不配停歇。这或许反映了生活底层的逻辑发生了不小的变化。

在这本小书里，我将透过自身的经验和长辈的回忆，回顾八九十年代以来我们非常熟悉的技术人工物是如何生灭的，试图解释为什么在之前的岁月物件是如此金贵，仿佛是家庭的一个成员，而现在的物件变成了纯粹的商品，只剩下干瘪的使用价值。

透过这一解释，我试图刻画我们曾经共同走过的岁月。本书中所谈论的诸多技术物，有些是比较单纯的设备，比如电视、手机等等，有些是直接和生活相关的技术系统，比如饮食、住房、学校、医疗等。

这不会是一本怀旧的书，不是要写一本"老物件传"，而是透过澄清物品在社会当中扮演的角色，尝试揭示我们曾经是如何生活的。整本书的逻辑是一出《灰姑娘》。灰姑娘在魔法失效以后，隐遁逃走，王子想要发现灰姑娘的真实面目，就要拿着这只鞋去试。人生也差不多，生活的最初面目，也要透过各种物件去苦寻。透过对这些常见的技术人工物（俗称"东西"）的追忆，我将试图诚恳地刻画一下我所经历的生活。这些生活也是几代人共同的经历。"70后"、"80后"和"90后"虽然谈不上同龄人，但是同时代的人，生活经历总有一大段重叠的部分。我也觉得"60后"会对这一刻画饶有兴趣，毕竟，八九十年代正是他们的青春最好看、责任最厚实的时候。在学院教书之余,能把技术哲学生活化,对自己的生命做一个阶段性的回顾,写一本大家都能轻松读起来的小书,真是一件很有幸福感的事情,也算是自我疗愈吧。

第一部分

第一章　吃饱与吃好

饥饿是一种慢性病

我的童年记忆最早可以追溯到一次谈话。小时候坐在自行车大杠上听老王讲中国史，他说：清朝腐败，帝国主义无不把中国当作一块大肥肉。我当时就非常困惑：为什么不是一块瘦肉？肥肉难吃啊！

不吃肥肉是"垮掉的一代"特别"垮掉"的表现。老一辈年纪大了，现在顿顿吃粗粮。我父亲六十多岁，身材精瘦，每天早上固定吃一点燕麦泡芝麻糊，剥一个鸡蛋。下馆子同一道菜不下三筷子，尤其不吃肥肉。这不是一种习惯，而是一种克制。他其实挺馋肥肉的。

六十年代生人不拒绝肥肉，大都熟悉猪油味儿。后来我才知道，吃肥肉曾是一种普适价值。早期欧洲移民在北美大陆打野牛，肉瘦的一概扔掉，专拣肥牛吃。鬣狗吃鹿，有时候也只吃内脏，优先吃油水大的肠子。中国人当然有这种进食直觉，所以"小肥羊"是餐饮连锁品牌，"小瘦羊"就不是。你很难想象"小瘦牛""小瘦驴"等是一个体面的饭馆招牌，一听就不大好吃。肥肉是自然出产的、能量富集度特别高的食物，一个粗壮的健全人有爱吃肥肉的责任，爱吃瘦肉是食物充裕下的挑食症。

"70后""80后"抬眼看父母，还能看见饥饿。困难时期，不少省份闹饥荒，到现在还有老人专爱讲"扒树皮，吃观音土"的故事。农村有种野草叫"七七芽"，又叫刺儿菜。《救荒本草校注》中写："本草名小蓟，俗名青刺蓟，北人呼为千针草。出冀州，生平泽中，今处处有之。"刺儿菜非常厚道，除了西藏、云南、广东、广西，几乎在全国各地都有生长，饥荒年间救活了不少人。

百度百科上说七七芽降血压效果很好，说是有严格的科学考证：当年吃七七芽的人没听说过什么叫"三高"。我对七七芽的药效存疑，相信它不如替米沙坦。按理说，吃观音土的人也少有得三高的。一来吃土的人不看医生，二来他们血脂应该也不大高。观音土降血压的功效不太有人信，但野菜养生的说法还很有群众基础。我们小区有个老太太就酷爱养生，把吃什么菜同季节、方位、脏腑都对应了起来，最终通过阴阳二气统摄一处。近来她挖苗圃里的"黄花菜"吃，送医院抢救了好几宿，现在坐上轮椅了。

七七芽其实很不好吃，浑身尖刺儿，吃着扎嘴。当时人也不怎么收拾，整棵过水煮软和了，就开始吃，口感想必很差，对食道的伤害可能也不小。相比七七芽，喂牲口的豆饼就好吃多了。豆饼就是豆子榨过后剩下的废料压制而成的。以前用土法榨油，榨得不如机器干净，豆渣里剩有不少油脂，吃起来贼香。

我起小比较淘气，在饲料厂吃过一次豆饼。客观评价，豆饼有一股油香，口感也比较细腻，还有一点嚼头。用现在营养学的话说，豆饼富含植物蛋白和纤维素。如果把豆饼分装成小袋，放在辣条、豆干和萨其马那堆，可能还会脱销。

老一辈人很愿意和年轻人分享饥饿记忆。"极端饥饿"富有超越性，其实没办法直言传达，主要还是要用心体会。据说肚子刚开始饿起来，人会焦躁，到处找吃的；再饿下去，人的生命感会下降，精神凝滞板结，人会变得像植物，逆来顺受；再继续饿着，人将患上浮肿病，很快就会倒毙。困难时期，河南、安徽有些村的情况很严重，挨饿的主要是农民，而城里人配有口粮，尚能果腹。农民挨饿的情况不算新鲜，天旱地涝就可能歉收，但导致饥荒的一个重要原因是分配。

和动物世界不同，人类社会有个特殊现象。食物一度不是自然的馈赠，不是汗水的凝结，在有些特定的时期，可以变成一个特权，一个政治问题。诺贝尔经济学奖得主、可行能力理论的倡导者阿马蒂亚·森（Amartya Sen）有个高见叫"民主可以当饭吃"。他的研究表明，不少饥荒不是食物总量不足所致，而是由于信息闭塞，饥荒的信号无法得到及时传达，最终无法妥善调配食物资源而导致弱势群体陷入饥馑。

包产到户以后，饥饿问题得到了解决，农民也能吃饱饭了。但饥饿的影响不会马上消除，饥饿是一种慢性病，它对人的影响是持续的。针对荷兰大饥荒的一项研究发现，在饥荒中怀孕的母亲生出的小朋友长大以后罹患心血管疾病、糖尿病乃至精神疾病的可能性有所提高。这么看，饥饿是会"遗传"的。这项研究不是没有争议，但算是一项严肃的科学工作。如果这个结果有普遍性意义，"70后""80后"这代人就禀受一段饥饿的历史。有句时髦的话叫"忘记历史就意味着背叛"，饥饿史是忘不掉的，它刻在基因里了。

正是因为挨过饿，父母这辈人年轻的时候吃饭通常非常蛮横，食量非常惊人。我有一位表婶，她年轻时候最喜欢吃面，先要从盆里挖半碗猪油，浇热汤化开，然后堆面。这样连吃三大碗才罢。这种吃法带有一定的报复性，恨不得把粮食统统吃掉。这个心态和恋爱差不多，得不到的人突然得到，就要掐两把。总吃不饱的粮食总算吃上了，就要造一把。这种心态无论如何不能算是健康的。

这种状态直接影响了"80后"的胃口。我有个就职于普渡大学的朋友，他业务能力很好，人算外向，还娶了一位每餐会做精致寿司便当的日本媳妇，让我羡慕不已。他本来不算太胖，娶完媳妇后体重失控，一度达到200斤。我一直以为他是压力肥，心想婚姻真是一无是处。后来一问才知道，他有一个和我表婶一样的妈，跟着这位母亲，他的胃口奇大。媳妇又老给他做小盒精致便当，结果每次吃完便当，他都要去汉堡王再要两个双层牛肉堡才能吃饱。日本女人敏感的心灵显然注意到了丈夫体重的变化，据说这之后便当变得更加精致了，导致汉堡之后还要追加一份大薯条。这最终导致了严重的恶性循环，可想而知他的日本妻子多有挫败感。

天天叫外卖的两口子是容易散伙的

"70后""80后"侥幸没挨过饿，还经常能和家人一起正经吃饭。技术哲学家阿尔伯特·伯格曼认为家庭聚餐具有重要的存在论意义，并将其称为"焦点事物"（focal thing）。焦点事物和消费事物不同，前者通过操劳和身体性的投入不断地生成意义感，后者就是买卖关系，会造成巨大的精神空虚。伯格曼的讲法很有道理，天天叫外卖的两口子是容易散伙的。生活需要细节，而不是罗列几条梗概。像是三十岁之前生子，四十岁之前买房，五十岁之前高升之类的愿望清单一般带来的是痛苦和失望。人所感觉到的幸福，通常是在无关紧要的细节中酝酿起来的。

照伯格曼的思路，买菜、择菜、做饭、添饭乃至刷锅洗碗，都是制造、充盈生命感的重要活动。这些都是无关紧要的细节，和升官发财关系不大，但人的眼耳口鼻心各个官能都要调动起来。这些细节的层次很丰富，都可以玩味。我就喜欢逛菜市场，瓜果梨桃，稻黍稷麦，各有各的样，各有各的品相。一想到它们曾经奋力生长在地球上，就让人感到振奋。更重要的是，执行这些细节让人感觉到互相需要。有人买菜才有人择菜，有人择菜才有人做菜。两口子分工，就能感到对方不可或缺。把菜做好，一同操劳之后举杯对饮，两个人的精神世界就接通了。

法国经济学家雅克·阿塔利（Jacques Attali）在《食物简史》中呼吁我们努力回归家庭聚餐，他认为，当下社会的劳动节奏严重打断了家庭聚餐的可能——据说只有法国人和意大利人还在固执地保持这种古老的美德。中国人原则上是善于聚餐的民族，最不能忍受自己吃饭。在一些火锅店，一个人吃火锅的食客，对座会被店员摆上一只玩具熊，以此公开宣判他/她的孤独。我从来没有勇气一个人吃火锅，如果一定要吃，我会在对面摆上一副筷子，一边吃一边假装看手表，让人误以为是等的人没来。

除了在家吃饭，印象中小时候还经常在单位食堂吃饭。食堂的菜肴丰富，我最爱吃红烧鸡块、爆炒田螺以及海带烧白肉。单位食堂始终是一个特别热闹的场所，不少人或蹲或坐，聊得热火朝天。公共知识分子哈贝马斯专门讨论过欧洲咖啡馆变迁，指其创造了一个夹在政府和社会之间的公共领域，养育了公共良心。在这个空间中，人们可以就各种公共议题进行讨论，这些讨论看似闲谈，但最终可能促成精神变迁。中国的食堂和咖啡馆有类似的功能。在气氛特别热烈的时候，你甚至很难区分单位的食堂和英国的议会。

在体制外，民众也自发地组织起集体吃饭市场，即大排档。有一次去香港讲课，一位本地朋友带我们去吃沙角邨大排档，场面热烈，我们点了羊肉煲、烧鹅等，非常有滋味。在这种人声鼎沸的地方，棉花都会好吃。可惜他说，因为卫生不达标，大排档迟早要被拆除——据说最终都要挪到大商场里去。这不仅是香港地区的情况，日本和新加坡也有类似动作。恐怕只有城市化程度不高、现代化程度不够野蛮的国家或地区，才会无暇顾及这样的整改。

去商场里吃饭，则通常是情侣专属的。饭馆和商店、电影院放在一起，使得吃的比重大大降低了。就吃的东西来看，无论是"分米鸡"还是"烤鱼"，基本都是料理包做成的，都是半成品。虽然是在店里吃，实际上吃的都是"外卖"。外卖的主要问题在于，它总是大规模地提前生产食物，等待很长时间才能送到食客手里，对食材的新鲜程度几乎没有要求。食材的鲜美极短暂，只有出锅立吃才能尝到。当食物被厚厚的袋子捂着，在路上颠簸了半小时再拿出来时，早就已经坨了。人的口味是如此堕落，以至于要点锅包肉和烤鸭外卖。这两道菜的香脆就在二十步以内，骑半小时电动车送到手里差不多都变成了大烩菜。在整个食物的链条中，人变成了被动的咀嚼者。

　　当然，这也不能全怪商家，很多商场根本不让进燃气。没有燃气就没有明火，没有明火就不能炒菜，而中国菜的最大的特点就是炒。在国外吃到的中餐是否可口，就要看店家有没有一口大铁锅。一般来说，锅越大，东西就越好吃。享誉国外的中餐里，"炒杂碎"排名第一。而检验一家餐厅的金标准，就是炒菜的味道，这直接反映了后厨大师傅的毕生所学。清代美食家袁枚讲"熟物之法，最重火候"。火候不是火，而是指火的长短和强弱。商场饭店从根本上是反中餐的，它拒绝承认中餐有关"火候"的基本要求。至于"镬气"，更是完全不可能的了。稍微神经敏感一点的学问家，可以公开指责商场造成了文明冲突，商场拒绝了中国的烟火气，也就拒绝了吃中国饭的合法性。

食物营养主义

不久之前的一首流行曲中有一句歌词："燃烧我的卡路里！"这首歌的歌词挺深刻的，它指出了将"甜甜圈""珍珠奶茶""方便面"还原为卡路里的营养主义倾向。也不知道从什么时候开始，我们不再吃具体的可口食物，吃的全是卡路里。这种还原，被称为"食物营养主义"（Food Nutritionism）。卡路里作为抽象的能量单位，既看不到，也闻不着，生活里谁也没有专门去吃卡路里这个东西。把"甜甜圈""珍珠奶茶""方便面"都讲成卡路里，本来透过色香味能够直接把握的种类繁多的食物，就一次性隐退到黑暗之中了。

在一次技术哲学文献阅读课上，我和学生们分享了一件事：有个年轻人考上了中国农业大学的食品工程专业，这个专业的排名在全国是首屈一指的。小伙子放假回乡，回到湘西阔别已久的奶奶家。奶奶听说独孙要回家，亲自宰了一只养了几年的母鸡，拿了冬虫夏草一起放在锅里炖汤。年轻人看到这锅鸡汤，瞥见上面漂着厚厚一层鸡油，还隐约看到鸡肚子里的卵黄，基于过硬的专业知识，他当即抗议汤里的脂肪太多了，吃了不健康，会导致粥状动脉硬化。冬虫夏草更是毫无营养，无非就是麦角菌科的子囊菌寄生在虫子上长出来的怪物；至于鸡肉，如果去皮捞出来还是可以吃的，鸡肉是高蛋白、低脂肪的。

可以想象，年轻人的这一套话语，一定让奶奶大感不解：她不知道什么是蛋白质，什么是脂肪和卡路里，更不懂麦角菌科的子囊菌。在她的世界里，老母鸡汤非常有营养，再加上冬虫夏草，是很好的滋补品，一定能让她的大孙子身体强壮。土鸡汤是奶奶慈爱的食物化——她要把自己认为最金贵最难得的东西，用最热的心肠准备出来，喂给自己的孙子吃。但孙子满嘴的营养学话语立刻切断了两代人的情感通道。

鸡汤究竟健不健康，光看卡路里是没有结论的。食物健康与否，务必要放在生存关系中进行评估，无法用热量来判定。以前的中国农村，农活重，荤腥少，食物匮乏，人们常年吃不到高脂肪和高蛋白食物。直到今天，中国人的平均食肉量同西方发达国家相比差距还很大。2020年美国人均要吃掉124公斤肉，新西兰人均吃约100公斤，中国人均吃了约60公斤。中国人直到1997年才赶上了世界平均吃肉量。

对于劳动了一天的人来说，一锅带皮鸡汤下肚，不存在对健康的损害。再比如，农村饭菜口味重，油盐放得很多，有营养师认为这不健康，容易引起"三高"。实际上，农民吃没有油盐的菜，干起活来根本使不上劲儿。干农活要出大量的汗，若不能在食物中获取足够的盐分，人可能患上低钠血症，浑身无力。这个现象最早是在英国矿工身上发现的。所以，越是出体力的人，口味越重，这是一种符合其生活情境的饮食结构。

营养学的发展把食物丰富的关系性内容简单还原成一堆微不可见的营养物质，这对饮食本身或许是极大的冒犯。尴尬的是，在营养学出现之前，人们往往能够吃得非常健康。据《人类简史》作者赫拉利说，原始人甚至一度吃出了健康饮食的模板。他们很少吃到很甜的食物，而且食物都是有机的，富含维生素和纤维素，也不存在工业加工食物和各种添加剂。恰恰是使得现代营养学成为可能的现代化学促进了加工食物的大发展。而现在的不少健康风险之所以存在，常常又是因为人吃了太多二次加工的食物。

食物的隐退是不可忍受的。越来越多的人尝试重新找回食物。但真想要恢复食物的本味，势必要做存在论上的努力，要去恢复食物所处的丰富的存在关系。光从营养学上研究味道的化学成分是不够的。如今的育种科学非常发达，可以把玉米加甜，把芋头加糯，以为这就是食物味道的精华。然而人们还在持续抱怨，现在的蔬菜、猪肉都不如以前好吃了——虽然猪肉更瘦了，水果更甜了，蔬菜更大了，但味道不对了，吃不出存在感。"90后"和"00后"可能对此感受不深，他们中的大多数生活在营养学时代，对工业食物情有独钟。奶茶、薯片等零食是食品工程的最高体现。在此味道被彻底还原成了香精，脱离了具体食材，被锁在玻璃瓶里，等需要用的时候拿出来勾兑——这让食物彻底脱离了情境，变成了可以被任意摆弄的元素。最近，人造肉的研发也进展迅猛，据说它还可以通过让动物变得多余的方式来彻底解决动物福利问题。

让隐退的食物再次现身的办法，大概可以分三步：首先，你要走到田里，获取有关食物生长的知识，学会通过照料土地来获取馈赠；其次，你需要步入厨房和餐厅，通过对食物的制作、分配和点评来组织家庭关系；最后，你还要发展出一种细腻的宇宙论节奏，借此把不同的食物和味道和谐地归置起来。

在北京，已有不少中产阶级人士在京郊（据说昌平和顺义都是热门场所）租地，自己去种食物，亲自把生命同食物的成长对接起来。荷兰人常常自豪他们人人精通园艺，院子里一年四季都有景致。所谓园艺，无非是退化了的农艺。中国的老人，即使住在堂皇别墅里，也会慢慢地在院子里种上蔬果。我以前经常嘲笑父母不懂生活，现在则常常自我检讨，原来是自己没能理解土地是人生最为基础的视域，生活的根本意义都要透过这个视域才能显现。

厨房、餐厅空间的演变也特别值得留意。早期的筒子楼将厨房鱼贯放在阳台上，一户做菜，家家闻香。每家吃什么、怎么吃，都是公开的。各家掌勺的还经常一起交流厨艺，小孩子也常吃百家饭。那种热烈的、浓郁的社群感是最好的饭菜增香剂。所谓隔锅饭香，就是这个道理。后来单位住房改善，家家户户成了封闭的单元。每个单元虽然都有厨房，但一般厅小卧室大，家里来了客人就请到卧室里坐，没有像样的餐厅，也就没有边吃边谈的地方。许多新式住房的客厅虽然变大了（一般使餐厅、客厅融为一体，变成餐客厅），但真正做饭的人变少了。家里如果没有老人，夫妻俩能点一年的外卖。此外，刚刚崛起的中产还学西人吃轻食，自废武功。以前我经常就此评论孩子妈的厨艺，后来她终于认同了我的食物分析，并把做饭的重任交给了我。

最后，我想谈谈"宇宙节奏"。虽然这是一个生僻的词，但其中蕴含的道理很直白。现代人生活在机器节奏中，时间按照工厂时钟的方式匀速流逝。但在适应机器节奏之前，中国人生活在宇宙节奏中。宇宙节奏就藏在二十四节气里：时间不是均匀的，也并非处处相等、一去不回；时间是一个轮回，是一系列物事的指针，立春、雨水、惊蛰、春分、清明……这种描述时常是精准的。19世纪末的一天,写下《中国人的性格》一书的美国传教士明恩溥(Arthur Henderson Smith)发现,多日不见的苍蝇突然出现在了他房间的窗帘上,一查农历,发现当日是"惊蛰"。节气不仅是对气候现象的客观描述,也具有规范性,要求人去回应,俗话说,"过了惊蛰节,春耕不能歇",中国人在这种宇宙节奏中做着农事,舒缓地生活着。在这样的节奏下长出来的食物,味道才可能是真诚的。

第二章　家的构思与营造

"买房了吗？"

中国这些年来的变化真是翻天覆地。在GDP（国内生产总值）世界第二、直奔第一，全国人口负增长，直奔老龄化社会之外，我感到近年中国的巨变还体现在人际问候上。很长一段时间，中国人见面要问"您吃了吗"。据说直到现在，知名汉学家安乐哲（Roger Ames）先生在北大见人还问"吃了吗"，友好地保持了这一亲切传统。

安乐哲问得自然，但被问候的人反倒会不太适应，觉得有点老土。现在"80后""90后"见面，肯定都不问"吃了吗",要问"买房了吗",以此来刺探对方实力。"00后"羽翼单薄,还不配使用这种交互方式,但买房的压力已经给到了父母,负责任的父母每天心里都在想砸锅卖铁这件事。

我身边有位"80后"导演朋友,刚在后沙峪置办了一套合院别墅。这种合院别墅近来在北京挺热,上三下二,形同炮楼,且密度极高,从小区高层往下看,有种看集成电路板的感觉。合院别墅大火,可能是因为它解决了购房人想要假装富人的心理刚需。该小区东大门正对另外一个合院别墅小区的西大门,两群想当富人的人住在一起,互不相让,导致两个小区大门的高度、风格几乎完全一致。这和农村盖房前后一般高是一个道理,谁也别看低了谁。后沙峪这么洋的地方,归根结底还是嵌入了乡土文化的基因。

后来我打听到,艺术家内心本来应该是高傲的,导演朋友本来常年租在大兴,坚持房住不买的原则。但家里老人的脸上毕竟挂不住,觉得不在北京置业,原则上还要归为北漂。老同事聚会的时候,是"嚣张"不起来的,都没法带头提杯酒。人是一种非常奇怪的动物,分别心特别严重。这导致了严重的内卷。据说高净值人士的父母见面要问彼此菜地的长势。这绝不是利奥波德式的自然主义倾向,它的企图在于探究别墅院子的尺寸。

我印象中,"80后"小时候,房子还没有成为一个话题。一是当时还小,话题集中在斗兽棋和变形金刚上,不太关注住房。不过耳听大人们聊天,也很少聊房子,顶多谈谈乔迁之喜。乔迁的话题性在于工作调动所带来的人际关系重组,人情远重于房子本身。现在想起来,房子之所以不成话题,是因为它作为一种必需品通常是得到保障的。二战后社会主义阵营将此列为经济福利权,与英美重视的政治自由权相对照。

对一代中国人来讲,房子实际上超出了私人的谋划。单位里的人天然都有房子住,就像蜗牛有个壳一样。另外，房子的差别一般也不太大，按照一套缜密的原则来分配。比方说单身分多大，两口子分多大，有孩子的分多大，等等，按家庭的人口进行调配。公共资源的分配，在有些地区通常需要疏通，要走走关系。不过，即使存在猫腻，使得有些圆滑人士分到大一点的房子或提前分到房子，也绝非普遍情况。只要单位还行，工龄够长，家庭人口够多，总归能有一个地方住。加之当时缺乏公共话语空间，房子没有成为一个重要的日常话题。

在单位之外的广阔的农村，起房子虽然是件大事，但似乎也不太折磨人。地产商王石在一次采访中坦言，中国人往上数三代都是农民，这句话差不多是正确的。中国人从地产商手里买房的历史不过几十年。农民盖房不买房，家家都有块宅基地，商品房对他们来说是一件挺陌生的事。一般家里男孩比较多，长辈有责任盖起几间房。盖好房子，就可以娶媳妇，家就算支棱起来了。

农民盖房不是全靠钱。因为生产资料和劳动力都特别缺乏,资源要高效配置,宗族内部总是要互相帮忙。建房采取了一种众筹模式。地方上比较有经验的长者,和村里的男人们一起把房子盖起来。东家一般也不付工资,杀猪宰羊请客吃饭就行。在这种众筹的营造活动当中,透过身体性的投入操劳,生成了一种共同存在感。人和人被联系起来。人们透过客套和仪式,把人情固化下来,存储下来,流通起来。人情货币构成了社会资本。

在这种情境下,中华传统里就没有"啃老"一说,通常叫"蒙祖先荫庇",光明正大地啃。可见,儿孙并没有把自己同长辈割裂,还没有把自己看成自治的基础经济单元。老人也没把自己和孩子看成各自独立的个体,反倒都是香火中的一缕。直到现在,传统一点的父母都还觉得给子女买房子、带孩子是天经地义的事,这种事不管,是讲不过去的。香火的事放一边,就从赤裸裸的生存角度看,父母和子女只有拧在一起，几代人一同出力，才能真正面对现代社会的激烈竞争，其底色还是一种互助。子女晚年是否会孝敬老人，很大程度上取决于老人是否资助买房，帮忙带娃。

城里的房子

虽然房子一度不用买，但中国人的住房一直不大宽裕。《中国统计年鉴》显示，1978年，中国城镇和农村人均住房面积分别为6.7和8.1平方米。常听学界前辈讲，当年刚到某大（京城某知名985大学）时候，一家人挤在十几平方米的筒子楼里，厨房和厕所都在外面。现在青年教师一来就住70平方米的两居室，太宽敞了，根本住不完。名牌大学那时都是这种情况，普通市民的情况常常更窘迫。一度有很多影视作品反映住房紧张问题，其中《背对背，脸对脸》《贫嘴张大民的幸福生活》都是杰作。

大概从 1998 年开始，为了缓解住房紧张，中国进行了轰轰烈烈的房地产改革，逐渐终止了住房分配制度，实行住房商品化和社会化。经多年改革，2019 年城镇居民人均住房建筑面积已达 39.8 平方米，农村居民人均住房建筑面积达到 48.9 平方米。房子整体上是宽敞了。虽然不少人抱怨北京的房子小，但就北京摊大饼似的城市规划而言，小高层比香港市民的住所要宽阔多了。

住房面积的改善带来不少新现象。房地产的货币化与市场化使得盖房子逐渐工程化，住房日趋金融化。盖房子现今当然是高度专业化的工作，民间手工艺者的营造活动被"淘汰"了。房子的建筑过程全面量化。多层砌体住宅的钢筋是 $30 kg/m^2$，多层架构是 $38\sim42 kg/m^2$，小高层 11 层和 12 层是 $50\sim52 kg/m^2$……水泥怎么用，窗子开在哪儿，燃气怎么布，水管怎么排等，都有严格规定和说明，违此没法验收。按照现代标准去看农村住房，很多质量都不合格。高度工程化是规模造房的必经之路，但也并非全是优点。

建筑师王澍谈过一个例子，让人印象深刻。王澍费心做了个作品，效果要严丝合缝。经计算，作品要通过预制组装的方式来完成。但工人看了方案之后，坚持要现场上手做。预制组装是为了精确，防止出现误差。工人上手去做，免不了不齐整。但工人很倔，非要动手做，结果做完之后发现有大概一米的误差。但工人们不气馁，鼓捣着把这个误差矫正了。传统的营造活动，虽然也要打样，但不需要特别精确。匠人心里大概有个样子，随着手里的物性来做，不成就调一调。边做边商量，边权衡，边取舍。现代工程要通过计算机把房子打散，肢解成配件，要求物严丝合缝地按照图纸配装。这种建造方式对精确有强迫性的要求，要把一切对象高度数学化、力学化、运筹化，强调无孔不入的控制。

活生生的工人，肯定不愿这么干活。这种活就不是活，就剩下卖苦力，一点都不好玩，特别乏味。工人喜欢亲自动手，施工时候有些自己的空间，干活能调动起全身心来。这样做活不容易累，也没有工作和休息的截然区分。你仔细观察老木匠老石匠做事，没见着说是按钟表来出力的，干活就渗透着休息，这种活能养人。据我所知，维特根斯坦休息时候爱干园艺，木匠出身的齐白石还成了画家。但你很难想象一个当代哲学家要去工地搬砖来放松，而做全屋定制的师傅能成杰出艺术家。后两种都是典型的现代活，干起来累人不养人。

现代建造活动就是按照强控制逻辑进行的，人在其中就是个要素。凭此批量、大规模精确地生产空间。盖房子变成了一项房地产活动。在房地产开发商眼里，房子达到了某些标准后即可成为一个准入市场的商品，用来赚取利润。房地产商脑子里的房子是一组盈利的空间安排，绝不会装着具体的家庭。而对于购房者来说，他/她的一生都要在此停留，以此为家。我不想在此建议回到前现代的造房方式。现代城市建筑不引入质量标准是不可思议的，这里不是要批评科学施工。我们要问的是，除了把房屋建造全部工程化，由专业的人士来垄断实施，还有什么样的建造方式可以滋养人生。在有关建造的问题面前，想象力不应被抑制。随着乡村振兴的深入，不少年轻人回村重寻工匠手艺，自己动手来造房子。这在主流购房逻辑之外，保留下了另一种可能性。

另外，住房改革进展到今天，人们的居住空间突然附着了一个新的属性，房子成了"资产"。作为一种资产的房子特别抽象，人们对它的看法是高度数字化的。买房子并不是要住，首先考虑的是能够通过房子发财。很多毛坯房放在那儿空着，变成空间垃圾。一个完全金融化的房子是非常无聊的。链家网站上的购房计算器，反映了房子作为一种资产的一切乏味特征。你要考虑贷款利率、契税、增值税、房屋原值、产权属性等等一系列和居家毫无关系的琐事，才能买卖房屋。所以当房子的金融特征处于优位时，居家就变得特别困难了。

作为资产的房子主要是为了变现。这使房子获得了高度变动的性质，对于强调恒常的家来说是破坏性的。短视频上到处都是资产配置专家，都在告诉你房子最多就住十五年，之后就没什么价值了；老房子不批贷款，流动性变差，不是很刚的学区房，趁早抛掉。这种看法从资产保值增值的角度看其实挺中肯的，但常常让人不寒而栗。

家是什么？家是一个锚点，需要钉在一个地方，几世人住过，房子就像核桃一样盘出来了，开始焕发光泽。几年换一个地方，很难像个家。将房子首先看作资产的人很难投入居住。无论是在装修上，私人物品摆放乃至于整体的情感投入上，他／她都将自己看成一个过客。农村老人把生命看成大树，在季节年岁中变化，在风雨天光下起伏，但是它抓地不动，才能投入生长。城里人老换房子,生命形象不似大树似浮萍,这是老人家没法接受的。

居家是一种治疗

房子与家的关系是什么,是一件值得琢磨的事儿。首先,房子肯定有实用功能。想起房子,第一印象通常是个遮风挡雨的盒子。这种看法是很粗糙的。窝棚、房子和家不应该是一回事。把房子当成一个遮风挡雨的盒子,就是把房子当窝棚。窝棚和鸟窝、兔洞、狐窟没有太大区别。人的家是大大不同的,人会装饰自己的家。在约一万年前,平图拉斯河手洞里,智人已经学会了用手掌装饰自己岩洞。照现代理解,那应该算是人类首次打造背景墙。

那时候,人类已经试图把洞窟打造成家园。恰恰是这些艺术和宗教活动使得人不是"建造"而是"营造"栖身之所。建造应该算是个技术活动，就是要把空间从自然中切割出来。营造则是一种仪式活动，它通过技术和艺术将一种"居家"气氛招引出来，居家感觉要持续地发生，不是一蹴而就的。居家的"居"肯定不是只处于某种空间的内部，而类似点墨如水，是慢慢化开的一种趋势。

人在一个地方待久了，住惯了，房屋就不再是物理空间，它被化成生存领域。人究竟是怎么生活在该领域中的呢？他/她通常按照"居家"的方式生活。那什么是居家呢？如果我们不断追问，势必将这一日常现象深入成哲学提问。柏拉图讲知识即回忆。人人都洞悉哲理，只是忘了而已，世界上只有好记性和坏记性的哲学家。就像是走路这件事，不是教会的，而是本来就会，只是小时候忘了，大了就想起来了。

人人原来都会居家，只是为了搞钱，忘了而已。为了帮助回忆，不妨来一起做一个思想实验。现在你来想象一个房屋。这个房屋可能造型各异，大小不一。

先不做特别的规定，我们来排除几种限制。首先，你要试着摆脱牛顿物理学对你的影响。牛顿物理学预设一种特殊的时空形而上学。空间被认为是处处均匀分布的。驻马店的一立方米和休斯敦的一立方米的大小完全一致。空间是按照体积的方式呈现，体积则透过长宽高的乘积来量化。其实，这种看法是非常另类的，普通人在日常生活中从不这样体验空间，很少有人会把家理解成一道物理习题。

另外，你也不要想象这个房子是你买的。一旦买房子，你就进入消费领域。房子在此显现为商品。你考虑的无非就是房子的居住面积、公摊面积，房子周围的配套设施，以及未来增值空间等。以上这两种态度都要求你把自己抽离出去来评价房子，恰恰丢失了具体的生活体验。排除这两种态度，剩下的部分才和居家有关。试考虑以下场景：

你被闹钟叫醒，起床洗漱。老人已做好饭菜，叫孩子起床吃饭。房子不大，孩子尚小，夫妻、孩子同居一室，另一间作孝亲房。虽然房子离地铁远，但你喜欢骑车。下班后接孩子发现当日是冬至，给老太太打了通电话，顺便在家附近的超市里买了饺子馅儿，回家一起包饺子。老太太说隔壁张大婶的老伴儿刚刚去世，一家人唏嘘不已。饭后陪着孩子做作业，和丈夫拌了几句嘴。约晚九点，老人打扫卫生洗漱。你睡前给孩子讲故事，熄灯睡觉。你没来得及总结今天的生活，不总结生活通常是好生活的一部分。偶尔你睡不着觉，试着总结生活，并凭空制造出很多问题，总结生活通常是坏生活的一部分。

在刚刚所述的桥段中，虽然一切都围绕房子发生，但从没出现有关面积和区位的议论。牛顿的物理空间变得完全透明了，房子的墙体仿佛消失了。一连串的事件无缝拼接。此时房子从物理空间变成了居所，是亲密事件和活动发生的场所。在作为生存空间的居所中，人们根据事件寻找生活坐标，锚定生存位置感，显然不是按照几何学中 x、y、z 轴来定位。现代生活当中,生存空间和物理空间常常不重合。有些中年男人忙了一天,宁可在地下车库抽半小时烟,也不愿早点回家,他不想面对家里的面孔。可见,不管他的房子有多大,都谈不上是居所,房子的大小和折磨的大小有时候成正比。

居家的房子不是外在于我们的空间,房子和人融为一体。哲学家安迪·克拉克(Andy Clark)在采访中谈到一个例子,就特别能说明人与空间的互相成就。他注意到患有阿尔茨海默病的人通常在自己家中能正常生活。家中物品的摆放、空间的布置等一系列要素都被患者当成了记忆的一部分,自己的心灵被延展了。有好事者看老人可怜,把他们从家里带去医院,反倒加重了他们的病情。一旦脱离了自己的居室,这些人的认知功能会大大减退。以至于哲学家丹尼尔·丹尼特认为,伤害了这些人的环境几乎等同于伤害了这个人。健康人其实也一样,他/她的心灵,包括情感和认知的整体,都糅入家的物质性之中。

我个人的体验是，家对每个人来说，常常是一种治疗。这种治疗不需要医生，不需要仪器，它的工作原理更像是充电站。当你精疲力竭时，只要在家中某个角落的躺椅上待一会儿，有时候就能满血复活。人的在世像一只蜗牛，胆敢赤身裸体地奋斗，是因为正将家园背在身上。

空间与人格

德国富有争议的哲学家彼得·斯洛特戴克（Peter Sloterdijk）最近有关"领域"（sphere）的讨论，对理解空间与居家也很有启发性。在他看来，空间的发明和现代人格的成长是一体的。现代人的空间观从根本上和古代欧洲人的空间观差别非常大。古代欧洲人是把世界看成家园，人不是以占据物理空间的方式在世界之中，人实际上栖息在世界里，所有人都是居民。

一言以蔽之，世界即家园。

这种归宿观背后似乎垫靠着基督教神学宇宙论，人从神那里继承了一个整全的家园。启蒙以后这种整体而统一的世界家园就不存在了，被肢解了，每个人有自己独立的小泡泡。这个思路似乎也能刻画中国人的居住领域变迁。中国人原先抱有"天地人"三才观。三才中人居于天地之间，凭借一点灵明，与天地有所感应。我们也常把天比作被，地比作床，枕石漱流是文化人的风雅。不过今天的中国人首先是个现代人，随着西方科学的传入，中国的现代化令三才观不再能影响人们营造空间领域。和西方现代人一样，现代中国人的房子也不"通天"了，都丧失了超越性的维度。恰恰因为这样，房子退化成物理和实用物的空间，里面才能装起一个现代的，把自己看成有自由意志的人的个体。

斯洛特戴克的另一个观察结论也很犀利的。他总结说人总是在对各种各样的"里面"（interior）表现出浓厚的兴趣。照这种说法,整个人类的历史就是在创造不同的"里面"。这种倾向,我认为可能是心灵的一种结构。认知考古学家马拉福睿斯(Lambros Malafouris)认为人的基本认知遵循容器图式(container schema)。住房是身体的盛器(容器),肉体是灵魂的盛器。人分你我,政分内外。里外之分,是心灵的基本结构。照此看,穴居人在石头上开洞,就是要营造一个"里面"。这体现了人想要把自己同外在的环境区别开的冲动。和其他动物比,人非常异常,总觉得自己不属于这个世界。总想开一个洞,透过对"里面"的营造,得以从庞大而确定的自然中逃出去。在相当长时间里,对"里面"的营造反映了人的自由性。

近几十年来,情况又发生了变化。人不仅要造一个和外面不同的"里面",还要把原来外面的东西统统"里面化",这可以叫作"里面的霸权"。我们要造一个很大的综合商业体,在其中你可以吃饭,可以购物，商业体内还要横亘一条河流，耸一座桥。最典型的是澳门葡京酒店，它是一个巨大的"里面"，天空都是画上去的。我不觉得这个很酷，反倒感觉很强迫、很占有、很嚣张。造家的冲动在此被异化了，变成了商品要素，发展到了令人肉麻的程度。通常和家毫不沾边的地方，都试图营造和复制居家氛围。比方说宾馆常宣称宾至如归，机场和咖啡厅都试图复制家园，里面摆上沙发，放上茶几，让人感觉假惺惺的。

不过这种尝试本身也有进步性，起码不再认为"堂皇富丽"才是居所的最佳标准。迟至2000年前后，说一个宾馆像家通常还是表达一种不满。长期以来，理想居所的特征是尽量不像家。土豪的常见思路是把房子装成路易十四的镜厅。直到现在，居家感的大泛滥对广大群众来说还是可疑的。在南方农村你会看到很多房屋有着高大的爱奥尼亚柱、多立克柱，开阔的北欧风格落地窗，甚至还要搞一个三角形的大门楣。这些房屋长期不见人，只有过年有灯火。它变成了家的某种化石。这些房子的外立面，恰恰是更加根本性的"里面"，你稍加凝视，就能从中发现中国农民内心深处想要逃离贫困的顽强冲动。

以上种种议论，大概都是常识，不必做偏执的理解。不是说房子不能有金融属性，不能够数学工程化，更不是说房子的大小无所谓。我无非想要在此之外保留一些想象空间，期待不要把"家"的意象搞得过于贫瘠与荒芜。思想活动和存款的尾数一样，多多益善。在余额后面添个零，于总额来说总是显著放大。

第三章 衣服：一块仪式化了的布

穿衣是门学问

我的家庭情况比较特殊，女方总要在实验室做实验，自己带孩子的时间就比较多。我的动手能力一直很差，给孩子穿脱衣服特别费神，老得折腾。这个过程很不舒服，婴儿的配合度又低，老是这样拉扯，不利于培养亲子关系。不知道别人什么情况，我经常因此痛恨小孩。据说童话作家安徒生、桑达克也不喜欢小孩，估摸着应该是真的。一来他们的作品不是专写给小孩看的，主要是给大人看；二来，安徒生到死是个光棍儿，桑达克干脆是个同性恋。因为憎恶儿童而拒绝和女士谈恋爱，这是多么大的损失！相比之下，我对孩子的不满意主要集中在穿衣服上。

后来我在沃尔玛超市里发现了名叫 onesie 的连体衣，它将我从卑劣的人性中拯救了出来。onesie 没有袖子和裤腿，就是一块围合的布片，给小孩的身子一股脑包起来，屁股底下留一个暗扣，扣上就能抱走，撕开就能换装。onesie 显然是一种完全功能性的服装。后来不行了，老人接手以后情况陡变。老人很排斥 onesie，非要给孩子穿得整整齐齐的。衣服要分上下，还得里三层外三层，一整片布是不可接受的。中国老人非要把孩子当成大人一样去拾掇，他们对孩子的着装是有诉求的，不完全是功能性的考量。其实，民国时期的儿童服装设计就讨论过这一问题。

既然老人有精力，也就没道理再去省事了。后来又发现了一个新现象，四五岁的孩子，已经开始出现有关服装的趣味，有些衣服爱穿，有些不爱穿。爱不爱穿不是指鞋子合不合脚，衣服是不是足够暖和和凉快，这些都是功能性的考虑，孩子对此通常不怎么敏感。孩子对衣服的款式反倒挺敏感的。衣服的颜色，上面的图案，以及基本的风格，等等，孩子往往有种直觉性把握。他们喜欢穿有蜘蛛侠、奥特曼等元素的衣服。孩子的趣味提示我所有衣服本质上都是制服，之所以好穿，是因为代表着一种潜在的角色。穿一件衣服，就是成为一种特定的人。想不想穿这件衣服，背后反映出来的是对特定角色的认同和接受。在这点上，大人和小孩没有任何区别，这能解释为什么有人一到五十岁就爱穿灰色夹克衫，据说这是正处级领导的专用皮肤。

技术哲学家唐·伊德有本书叫《技术与生活世界：从伊甸园到尘世》，由韩连庆翻译，可作为走入技术哲学的不二读本。在这本书里伊德用了一个隐喻，来介绍人当下的技术处境。在伊甸园中，人还没有技术，他/她赤身裸体，其知觉直接和世界相通。从什么时候开始有技术呢？就从感觉到羞耻开始。吃了禁果以后，人开始难以面对自然状态，非要穿衣服。从《圣经》上看，衣服是第一人造物，穿和不穿与是非对错相关，堪称规范性起源。至此，衣服作为第一技术居于人与世界之间，构造了一种新的"在世界之中"。人从伊甸园堕入尘世之中后，成了今天的样子。穿衣是一个关键性要素。

从亚当的例子看，服装是一块仪式化了的布。粗分来看，衣服为了蔽体、遮羞以及扮演。蔽体是纯粹的工具活动，鸟羽兽皮裹在身上，能抵御寒冷。遮羞是规范性的，人伦关系透过禁忌来构建。扮演通常是超越性的，羽衣傩面，用来沟通神鬼。人差不多就是沐猴而冠，但这是从褒义上讲。帽子戴惯了，皮肤洗净了，慢慢也就成人了。技术史研究者白馥兰近来提出低技术（low tech）的概念，认为和计算机人工智能等高技术（high tech）相比，低技术更值得深入观察，它直接和普通人的生活相关。穿衣该算是典型的低技术。

怎么穿与穿什么

"70后""80后"父母多多少少活在一个坚硬的革命叙事中,他们身上曾经有一种坚不可摧的质感。二十世纪六七十年代,一个人特别重视自己的穿着是很不正当的,会被人批评"讲吃讲穿",有一种资产阶级情调。彼时当然没有时装的概念,所有的服装都是职业装。军人一身军装绿,工人穿吊带工裤,戴个鸭舌帽,农民就是短袄肥裤,干部经常穿着列宁装,颜色都比较单调,基本上是纯色。蓝色、绿色、灰色这几种最为常见,绝不会突出个性。一眼望去,中国人有一种高度的统一性,整个国家看起来就是一座军营。

在特殊的历史节点,考虑到战争威胁和斗争的需要,每个人都被看成了一个准军人,不是在部队里当兵,就是在外面当民兵。其实规模制衣这一活动就是源自军服需要。在人类历史上,最初毫无必要大规模制造统一的服装。每个地方都有自己的风俗，衣服风格和细节的差别由各地的工匠、各家的女主人来决定。但随着军队规模的扩展和建制化，规模制衣才成为可能。

从这段历史看，衣服作为制服的集体性变得至关重要，任何对个性的强调都是非法的。当一个人想要去装饰自己，让自己从这种一致性当中脱颖而出，就会立刻被打压——要防止个体性的抬头。不允许一个人按偏好选择穿着的表面原因是担心他/她腐化堕落，会蜕化成一个剥削阶级，去剥削别人。更深层的原因是，一旦穿衣民主化，势必造成个性的多样化，就一定会有刺儿头。刺儿头多了，还会出现有组织的对抗活动，这对于集体生活来说是不可接受的，会产生巨大的管理成本。直到今天在军队和大学以下的学校系统中人们也大都无法获得穿衣自由，就连发型都受到严格的管理。

据我所知，开始追求服装个性，要从热爱"的确良"开始。现代布料很多都是石油化工产品。1935年杜邦公司发明了尼龙,四十年代尼龙袜大受欢迎,其后化纤逐渐走红。七八十年代的中国人反倒稀罕化纤,对纯棉的东西无感。的确良就是一种化纤,成分是聚对苯二甲酸乙二酯。的确良有点丝绸的滑度,但丝绸做的东西本身带有政治烙印,无产阶级不好穿的。相对于棉制品来说,的确良特别不容易起皱纹,耐磨,洗完也容易干,穿上去特别板正,一时间非常受欢迎。但的确良有很大的缺点,本身不透汗。到了天气热的时候,衣服贴在前胸和后背上,颇不雅观。不过这种特性竟然起到过意想不到的效果。八十年代末,广东老板爱把香烟装在的确良衬衫口袋里,因为透明,他们统统成了行走的玻璃橱窗,这使得红塔山香烟红遍中国。

的确良反映了人民群众对穿好的期待,但怕被人说"讲吃讲穿"的叙事并没有完全消失。直到现在,你去细致地观察父母这代人,他们买衣服仍然是一件不够自然的活动。要让五六十年代的人充分接受自己的个性需要,是一件不大容易的事儿。他们总是要把自己的需要进行一种集体性包装,才能够心安理得地接受。比方说买双贵点的鞋和风衣,他们自己不好意思买,要互相给对方买。特别想要自己买,就说是为了给家人挣面子。年纪再大点,买衣服是为了更好带孙子。这种稀奇古怪的理由多少令人尴尬。2001年,家母有位女同事,一次突然穿了件翻毛领的羊皮大衣,格调很高,价值不菲。大家看了不夸她衣品好,都问她出什么事儿了。后来问得急,她才说是因为中国申奥成功了。言下之意,这是普天同庆的大事,要专为此买礼服穿。老一辈人想要心安理得地穿件好衣服,要付出多少心理能量!

"80后"和"90后"多少也继承了一点不自然感,但通常出于不同的理由。五六十年代的人买衣服扭捏,是因为他们怕别人说自己"讲吃讲穿",担心自己蜕化变质。"80后""90后"身上的阶级烙印不是那么清晰了，他们不太好意思的原因是怕自己"不够懂事儿"。虽然小的时候不再缺衣少穿，但是整体物质情境还远谈不上极大丰富。衣服要得勤，会让他们觉得自己不是个懂事的孩子。"00后"记事时，中国已经是一个产业大国。在纺织方面中国已经是世界工厂。他们对服装的政治敏感性和稀缺性，都一无所知。一个"00后"买衣服，就像小猫舔毛一样，完全发自天性，自信且洒脱。

衣物的解放

中国长期是一个男耕女织的社会，女性在家织布，心灵手巧的自己就能量体裁衣，衣服基本上都是私人定制的。现在不同了，私人定制成了奢侈品。今天在欧洲经常看到不知名的小店，一副手套卖几百欧，一个LOGO都没有。老钱早已有自己家的裁缝，并不购买大众品牌。"80后"小时候布匹基本都是买的了，家里很少织布。不过，布匹也不像今天这样宽阔。虽然不用买布头，但布匹有时候要循环利用。一件衣服穿坏了，把布铰下来做另一件衣服。长裤改短裤，大人的改小孩的，再碎可以改毛巾，最后还能改补丁，缝在衣服上。每一块布都要物尽其用。

七八十年代，中国人的着装开始逐渐丰富，当时在西方社会已接近流行尾声的喇叭裤开始传入中国。在一张发黄的照片中，我看见表姐站在我身后，上着黑色收腰针织衫，下穿喇叭裤，胸前还挂着一副蛤蟆镜，一头大波浪，风姿绰约，颇有好莱坞巨星的气质。而我父母穿衣服是比较中规中矩。家父常年穿一件白衬衫，到了冬天的时候，在衬衫外面会加一件毛线坎肩儿，再套军款风衣，后来则常穿黑色呢子大衣，再后来就穿西装。不过，我要说那代人穿西装并不是特别讲究，西装的领牌不撕掉，袖口和裤腿过长，尼龙丝袜套皮鞋，男生穿黑丝是常有的事。这还不是最糟糕的,最糟糕的是不分场合地任意穿西装。经常能看到有人穿西装在市场买菜,足以证明中国人多么重视市场经济。

九十年代开始,衣服的自由性更是充分体现在不断替换的款式与新潮随意的穿搭之中。就单衣而言,每一件衣服不用再和其他衣服作为套装出现了,单衣获得了解放。早先用来打底,穿在衣服里面的衣服可以穿在外面了。有段时间,人群热烈追求宽松效果,原来穿里面的毛衣不断变大,以至于无法再套外衣,最终干脆直接穿在外面了。衣服越来越松,一度超级宽大的蝙蝠衫非常流行。衣服之间的搭配也获得了自由。有人开始在一件长T恤的外面再套一件短T恤,也有人上面穿件帽衫,下面穿个短裤。乱穿衣的情况普遍存在,服装的里外、长短以及款式都可以随意混搭,以至于发展到今天,在一部分女士群体中出现了秋裤外穿的情况。

我第一次是在芝加哥领事馆看到这种穿法。当时正进去办签证,当看到一位女性工作人员的腿时,我立刻目瞪口呆,以为她忘了穿外裤。秋裤外穿的思路对我的心灵造成了巨大的冲击。后来才发现大量韩国主妇都这么穿,原来那不是秋裤,叫瑜伽裤。近来在北京的大街上这种情况也越来越常见。其实把紧身裤穿在外面,美国人也花了点时间接受,美联航还曾禁止旅客穿此裤登机。我估计这种穿法对于绝大部分人来说还是难以接受的。不过穿衣本身都没有道理可言。衬衫本来在法国只作内衣穿,美国人内衣外穿,竟然成了今天的标准穿法,又回输到法国去。列宁装在苏联主要是男人穿的,到了中国一度成了女干部制服。所以我劝自己对着装这件事能宽容就宽容。过段时间,没准儿瑜伽裤会成为商务正装,列入礼仪课……

现在,穿衣是如此解放,以至于要求每个人都得懂点穿搭。"60后""70后"偏好套装,衣品不大重要,普遍穿衣不合身,通常偏大。"80后"受到韩国电影的影响,开始重视穿衣。"00后"钻研cosplay(角色扮演），穿衣活动变得更加细碎。在老人眼里，一种衣服对应一个现实：列宁装对应的是轰轰烈烈的世界革命，西装对应中国大踏步地融入世界。而穿上《海贼王》中的服饰就很麻烦，我们明确知道这种服装所对应的现实是虚拟的，不是当下发生的，服装和现实匹配不上。在老一辈人眼中，这通常是精神分裂症的表现。我不得不说这是一种骄横的偏见。老人接受了一种生活的惯性，认为现实是别人设定的，自己穿好设定场景的皮肤就行。青年人的主体性更加自觉，想要自己设定现实。说 cosplay 仅仅是出于好奇和审美的趣味是不准确的，它或许表现了年轻人对当下现实的不屑和对抗，也展示出他们对平行现实的想象和生产能力。

纺织品大泛滥

据统计，1949 年，全国棉布人均分得量仅为 3.5

米，到2007年，数字就达到了51米。为了消耗这么多的布，人可以说是煞费苦心。一种思路就是强迫性地增加款式和功能分区。以前的衣服大概只分内衣和外衣，现在就不同了，周一到周四要穿商务正装，周五可以穿休闲正装，上面一件修身夹克，下面一件牛仔裤搭一双布洛克雕花皮鞋，甚至可以搭上洞洞鞋。回到家里就要换成家居服，出去健身要换成健身服，睡觉的时候要换睡衣，去户外要穿冲锋衣、防晒服等。大概在10年前，跑步还不需要穿得像蜘蛛侠。现在如果跑步不换衣，反倒不合时宜了。除了种类，款式也高度分化。走在大街上，你会发现有些人走纯欲风，有些人是朋克风，有些人是韩流，有些人是日系，有些人是新中式，有些人是波希米亚风，有些人是性冷风，各种元素非常丰富，有一种"样式"的生态。分化是如此细致，以至于中国女孩刚到欧美国家，会发现那里的衣服非常土，几乎没有适合自己的款式，还要网购衣服来穿。现在服装成了名片，穿什么衣做什么人,每个人的心灵都是敞怀的。这种大胆的做派是40年前不可想象的。

服装的"样子"本身是占据空间和时间的,它是一个硕大的物品。据说当代女性都渴望自己有一个步入式的衣橱。过去一个五斗柜就能解决的问题,现在需要一间房来陈放。有人逐渐形成了一种收集癖,每天要在服装穿搭上花费大量的时间。不说别人,我在上大学的时候,受韩剧的影响,头发的颜色飘忽不定,服装更是款式多样,是五道口服装市场的常客。现在只留下几件黑色T恤和几条直筒牛仔裤,这样穿了大概十几年,平均每天给自己节省了30分钟,大大延长了自己的有效生命,以便浪费在刷手机上。

纺织品如此泛滥,人们开始逐渐重视品牌。我上初中的时候,拥有耐克鞋的同学已经成为不少男生的羡慕对象。红豆西服、金利来皮鞋、皮尔卡丹等品牌在不少中年人心目中已经开始占据显著位置。1995年,我国服装行业更是明确提出"要实施名牌战略"。

现在品牌如此之多，随便去一个奥特莱斯都会让人感觉窘迫——念不对品牌的名字。一些奢侈品品牌什么都产，一个钥匙扣、一条丝巾也要卖上大几千。当货币足够多又来得太快时，人们就要适当发明出消耗这些货币的手段。奢侈衣物显示出拥有者持有大量可以浪费的财富，恰恰是这种浪费成了一种宣告，展示出主人的优越感，并客观上对其他人的心理造成了一种支配。

这时候，服装就不是为了制造一种社群感和统一性而存在的，它就是为了把人分成三六九等。在这个社会当中人们看到，除了警察、医生、厨师等各色功能角色之外，还有两个最根本的社会角色：支配者和被支配者。你突然感觉到人和人之间的隔阂是巨大的，很难把穿奢侈品的人称为"同志"，因为他/她的穿着必然只能是少数人的特例。不过，奢侈品消费交了重税，经过再分配很可能用在了缓解贫困的目的上。奢侈衣物可以被理解成一种捐赠凭证，就像一个人捐了一千万获得了一张奖状一样，买几万块钱的化纤衣服也形同此理。这样看起来，奢侈品也不是那么令人反感。不过，奢侈品对人心灵的奴役，是匪夷所思的。我到现在也不理解为什么昂贵的穿着会令人羡慕。钱这种东西和水一样，只有在极度缺乏的时候才值得关注，平常日子一点不重要。既然没人天天羡慕水龙头，也就没有特别必要羡慕穿名牌的人吧。

第四章　林中路与康庄道

道路≠通勤

据说男女距离小于 20 厘米而不排斥彼此,就有潜力成为情侣。据此理论,北京西二旗地铁站就会非常浪漫。那个地方,人和人之间的距离经常在 10 厘米之内并保持半小时之久。作为一名平庸的青年教师,我每天要从郊区坐地铁到市内,因此和不少容貌端庄的人保持过相当亲密的距离。

长期坐地铁,我逐渐获得特殊技能,能够有效地利用胳膊肘、手机的外延以及车厢立柱来获得一种空间边界。在身体不得不触碰到别人的时候,我总能保证用胯骨冲人,避免四目相对或看别人的后脑勺。不知道为什么,老有人讲中国人在地铁上看手机,不看报纸,这是不懂中国国情的怪话。看报纸要左右翻面儿,势必要占据巨大空间,在地铁上是难以实现的。不仅是身体,狭窄空间也装不下视线。作为大型哺乳动物,视线相交会引起警惕,感觉有被捕食的风险。作为人,视线在别人身体上停留久了会显得鲁莽。手机既可以协助整理视线,又少占空间,伸手举出还能当作界碑来用。在地铁上不看手机简直是不礼貌的。

每天早上在西二旗地铁站走一圈,感受人潮涌动。一般心思稍敏感的人,会徒增一种渺小感。林语堂讲人生在宇宙中的渺小像山水画。大山阔水之中,两个微小的人物,坐在月光下闪亮江流上的小舟里。一刹那起,读者就会失落在那种气氛中了。林语堂讲的是一种安静的渺小,里面有孤远和自在。我讲的是忙碌的渺小,不大一样。通常渺小的不值得忙碌,忙碌则会显得特别渺小,这就让人感觉到卑微。就像你盯着一个蚂蚁窝，看久了你总想问，这群忽生忽死的小东西何必要这么劳碌呢？基本上都是瞎折腾，全世界蚂蚁绝户了，也没人在乎。动物活动在当下，很难想象一只忙碌的蚂蚁会突然停下追问蚁生。有时候，当我突然在忙碌的地铁中意识到自己的劳碌时，会立刻陷入自责，觉得自己不是一只称职的蚂蚁。

不只地铁，开车的体验也很特别。据统计，北京市民平均每个工作日通勤时间约为两个小时。其中估计有大量时间在堵车。交通拥堵给大都市人带来了特有的宽容美德，习惯堵车以后，我对孩子明显更加有耐心了。不过，拥堵也带来高昂成本。除了时间损耗，燃油成本、道路养护和环境成本等都大大提高了。

生活在城市中，道路的意义其实非常窄，一般指的就是日常"通勤"。很多农村老人进城追随子女，头一次听根本不懂什么是通勤。英文的 commute（通勤）相较于 road（路），也生僻得多。乡间小路是不存在通勤的，通勤专指城里人围绕一种特定的生活和工作方式展开的日常交通行为。市民作为雇工从家到公司，再从公司回到家，这样一个空间位置的改变活动才叫通勤。在日常话语中，"通勤"长期以来都不是一个独立词语，通常用"上班去"来表示。随着现代生活的不断发展，"通勤"逐渐成为一个专有名词。

劳动人民的崇高理想是8小时工作，8小时睡眠，8小时给自己。这三个8小时，劳工们只对最后一个真正享有主权。前两者的主权一个被老板占据，一个被自然占据，自己是无力支配的，人不能不上班，不睡觉。但通勤要从这中间偷时间。通勤时间长，就要占用睡眠时间。从燕郊来京上班，睡眠肯定要被压缩。只好上班打盹儿，这样必然占据工作时间。为了保证工作效率，老板只好延迟下班。最终被压缩的必然是属于员工自己的8小时。通勤问题堪称慢性疾病，显著地缩短了人的有效生命。为了缩短拥堵时长，你当然可以选择地铁。不过时间和空间之间有着微妙平衡。如前文所述，虽然地铁是准时的，但时间的节约常常带来空间的显著压缩,这无论对身体还是心理来说都是巨大的成本,造成的情绪损失是无法弥补的。

道路被理解成了通勤,路程本身就被简单看成一种成本。只有起点和终点是有意义的,而过程是乏味且需要忍受的。生活真正有趣的活动通常都是过程性的,和起点、终点无关。比方说吃饭,几点张嘴、几点擦嘴是无关紧要的,重点是吃的过程。如果有人要把几点吃完饭当成乐趣,那他不是个狱警,就多半是个神经病。通勤显然不是,几点出发、几点打卡是全部的关键。你要为这一过程付出金钱和时间,还要付出巨大的情绪。走在路上本身是没有内在意义的,要尽快通过。如果道路就是为了通过,那唯一要考虑的就是别堵上了。

鉴于此,在设计道路桥梁时要进行一系列定量测算和谋划,以期对交通流量有预判,使得道路能够按预期保持通畅。高速上几点到几点只能公交车跑,应急通道谁能用,路肩要多宽,出口离多远,道路信号牌怎么画都要严密计划，专门设计。地铁每个班次的时间要精确到秒，开门要对应到每个入口，发车频率要建模计算，一切都被纳入巨系统中进行控制。在此过程中，道路的绿化可能是唯一一点审美追求。但如果你细致观察城市绿化的相关科学，会注意到植物的品种、颜色、高度以及季节特征都被纳入功利计算。美不再是一场遭遇，美被要素化了，变成了一种工程安排。绿化的功能和女生化妆一样，它的主要目的是补偿一种缺陷，而不是展出美。

在中国的现代化过程中，"要想富，先修路"是一句耳熟能详的标语。没人能否认道路基础设施建设与经济发展的正向关联。道路使得资源要素的调配和组织成为可能，这是经济得以发展的重要前提。不过，因为道路仅是为了尽快通过，道路本身就变得非常乏味。高速路只允许没有生命的机械呼啸而过，它敌视一切有机体。高速路上既看不到鲜花，也看不见野生动物，更看不见多变的地形。城市道路一样丑陋不堪。

你很难想象毕沙罗或莫奈会画一条公路,但他们的确都热爱乡下小径。

丑陋在城市中广泛蔓延。在北京这样的城市,人行道路和自行车道一度越来越少,汽车不断侵蚀非机动车道。这不是少数驾驶员的品格问题,现代城市的逻辑非常清楚:道路的主权属于机动车,行人不配在城市里行走。就这一问题,近来越来越多的人开始有所反思。城市道路不重视行人,归根结底是认为人的双脚不如车轮高级。柏油公路看不起人,背后的逻辑是人看不上自己。在通勤这件事上,现代人都有低自尊的问题。

我的体验是,在大城市走路,是一件很容易感到自己卑微的事。不过好在近几年北京的规划有很大进步。尤其在郊区,大量的公园和湿地得以建设,保持了道路的意义空间,使享受走路成为可能。我最喜欢的活动之一,就是陪着老人、孩子到郊野公园漫无目的地走。不过近来发现老人痴迷智能手环,把走路本身变成了步数竞赛，把行走的内在价值再一次抽空了。走路变成了锻炼身体和炫耀体力的工具，仿佛不为这两个目的走路的人就不配走路一样。这种想要搜集自己一切痕迹的癖好形成了一种"量化自我"的文化，近来成了技术哲学的研究热点。

行走

人到 40 岁，走路变成健身活动，到了 60 岁，走路变成社交活动。这两个年龄段的人都把走路搞复杂了，忘了行走的原貌。我们沉浸在现代生活基本逻辑中，简直要淹死了。要想获得对走路更加原初的意义的体会，孩子成了一个端口。一个负责任的家长一般总是愿意让孩子多走走路。孩子凭借粗壮的生命直觉，常常走出了一种和成年人完全不同的步伐。成年人走路，如果不是从 A 点到 B 点，那势必就要绕一个圈儿，像得了强迫症，动物中一般只有生产队的驴才会这么干。但是只有人把这种事儿当成了一种荣誉，互相攀比谁绕的圈多。我楼里有个老李头就特爱干这事儿，清早起来围着一棵歪脖树绕圈，晚年活成了一颗卫星。

孩子走路就不同了。我们经常说孩子是跑来跑去的，三步并作两步的，跌跌撞撞以及流连忘返的。就跑来跑去而言，孩子们经常走十步退五步，也完全有可能走五步退十步。可见孩子走路并不是起点到终点，有的只是出发点到停止点。孩子也很少强迫性地绕大圈，他们通常会以自己的身体为中心绕小圈或者是以花坛为中心追逐。

就三步并作两步而言，成年人健身特别重视调节呼吸的节奏，努力将呼吸同抬落腿的频率捏合，做到步幅的统一。这样的努力对孩子来说是莫名其妙的。他们从来不试图控制自己脚步的节奏，甚至常常出现身体和心灵冲突的情况。心里想跑得快，但脚步跟不上。脚步跑得快，心里还没准备好。这就出现了三步并作两步的情况。

就跌跌撞撞而言，成年人走路总是提前做好规划，并且不断地重复单调的路线。不是前后画直线，就是来回绕圈。他/她非常熟悉路上的障碍物，眼睛总是向前看，很少出现碰撞。孩子从不计划自己的路线，眼睛也并不总是向前看。他/她时常回头，时常左顾右盼，在此过程当中也常常会撞上东西。如果很疼她会大哭一场，如果不疼，就哈哈大笑。

就流连忘返而言，成年人从不把时间和精力浪费在路上。路上的一切最好变得透明，虽然下意识地知道周遭事物，但却把它们当作不必注意的。孩子是完全敞开的，他的注意力像网一样撒下去，什么都有可能收获。路边的一束野花，地上的一截树枝，滑梯上的一枚铁钉都可能引起关注和身心投入。正像是诗人泰戈尔注意到的："孩子，你多么快乐，整个早晨坐在尘土里，玩着一根折断的小树枝。"成年人对树枝大都漠不关心，除非在捡柴火，否则他们只会埋头苦走。孩子的行走对大人的提示是显而易见的：行走本身不该变成一种工具，它可以既不是通勤，也不是健身，它可以是一项生活。人生路越走越辛苦，跟成年人这种狭窄的生活态度有关。

小路，才是用来回家的

除了走法不同，道路本身作为一项技术，在历史中也的确发生了不小的变化。作为农业民族，中国人原则上都走过乡下小路，或者叫小径，那种还没有被柏油或水泥、道砟硬化的道路。小路最能入诗，比如"山深微有径，树老半无枝""苍苔满山径，最喜客来稀"这些诗句都令人遐想。我自己感受最深的是二十世纪八十年代台湾音乐人叶佳修作词、作曲的一首流行曲，叫《乡间小路》。这首流行曲还选入了苏教版

五年级音乐教材。歌词优美,摘抄如下:

> 走在乡间的小路上
>
> 暮归的老牛是我同伴
>
> 蓝天配朵夕阳在胸膛
>
> 缤纷的云彩是晚霞的衣裳
>
> 荷把锄头在肩上
>
> 牧童的歌声在荡漾
>
> 喔呜喔呜喔喔他们唱
>
> 还有一支短笛隐约在吹响
>
> 笑意写在脸上
>
> 哼一曲乡居小唱
>
> 任思绪在晚风中飞扬
>
> 多少落寞惆怅
>
> 都随晚风飘散
>
> 遗忘在乡间的小路上

上小学的时候,我经常在路上边跳边唱这首歌。那时候心灵粹白,世界充满浮力。小时候唱歌没感觉,现在看到词尾讲惆怅,透出传统文人的隐修味道。中国的读书人官道受阻,就要"徘徊丘垄间,依依昔人居"。有关乡下道路的治愈特征,中西共通。美国人在二十世纪七十年代喊出"乡下路,带我回家"(country road, take me home),这首歌其实是在北美州际公路上写成的,在中国流行起来已经到了八十年代。中国作家刘醒龙称"小路,才是用来回家的",大意是差不多的。与这首歌对照的是一首叫《我们走在大路上》的歌。唱这首歌的人的气场完全不同。他/她没有抉择的负担,立场坚定,意气昂扬。人生的方向问题早已解决,剩下就是撒开往前奔了!

现在回看《乡间小路》这首歌,常想城里人的落寞惆怅为什么要用乡下小路上的风来吹散,这就需要追问乡间的小路。乡下路的雏形是田埂,田埂是不是路很值得怀疑。田埂本是用于分割土地的,这家和那家的土地，通过它来标识，田埂是一种确权标记。因此，它本身又成了一个公共产品。田埂不属于任何一家，它是大家的。村民们做农活都要从田埂上走。你经常看见农夫挑着秧苗在田埂上保持着微妙的平衡，颤巍巍地走来走去，活成了南方乡村的缩影。村里的小路，多少都延续了这种田埂的逻辑，将确权标记变成道路。

作为田埂的道路和城市道路大不相同。城市道路的目的是运输和通勤，把东西从起点送到终点。乡村田埂不一样，虽然客观上也有运输功能，但它并不是为了运输被建造起来的，它是乡村生活自然生长起来的一种图形，堪称一种文明地貌。乡间小径从根本上说是人际网络的一种物化，透过它你能够切入一种乡村生存方式。相比之下，现代的城市和高速道路是纯粹工具性的，不反映人与人之间深层次的联系。如果没有运输的需要，高速路显得单调空洞。

现代道路是给轮子跑的，不是给人走的。试想在高速路上行走是一件痛苦的事情。高速路是一个封闭道路，你哪也去不了，只能按照一个特定的方向不停地往前走。道路特别坚硬，夏天特别热，冬天特别冷。行走的目的是快快走完这段路，走路变成了一种折磨。相反，田埂是开放的道路，没有围栏，两边都是田野。田埂虽然窄，有的时候仅容一人通过，但没人规定它是单行道。很有可能你在田埂上走的时候，对面也走过一个背着农具的人。高速路上的迎面遭遇被定义成"逆行"，要罚款扣分，在田埂上很少有这种苦难。乡下人有一种默契，频频错身，总能通行，并将田埂上的遭遇当作一次交往。

田埂也不荒芜，它一般充满生机。城市规划学家芒福德说过现代人营造的第一个无生命空间是矿坑。这样看，人类创造的第一个无生命的平面恐怕就是城市道路。高速路像一瓶杀虫剂，延伸到哪里就消灭那里的一切生命。偶尔有动物闯入，不免被碾压。田埂则长起各样杂草，有些吃起来还很甜，比如龙葵的果子天宝豆儿，酷似黑莓（实际上是茄科植物），遍及中国乡村，是不少"80后"的暖心水果。田埂还海量提供蚂蚱、青蛙以及水蛇，它们也是儿童常见的宠物，并可能转化为食物。烤个蚂蚱、挖个蛇胆对不少人来说还就是昨天的事。

相较于城市道路的高度静止，田埂又通常是动态生成的，随着时节变化以不同的形态示人。春天和夏天的田埂与秋天和冬天的田埂，色彩上的差别是显而易见的，土质的软硬也大为不同。而如果突降大雪，田埂则会陡然消失，大地一下变成单数，以白皑皑的整体形象出现。田埂作为小路具有厚薄、软硬、干湿、浓淡、动静、有无等多种属性，比起只有通堵之分的高速来，要立体得多。

人的归途，为什么一定要是乡间小路，不是一条现代化的康庄大道呢？海德格尔有个作品叫《林中路》，经过孙周兴的翻译，在国内广为人知。在海德格尔看来，公路上没有旅客，只有庸众，真正的旅客在林间小径上。为什么这么说呢？因为只有林中路才需要人承担起行走的责任，而高速路是已经划定了的，它逼迫人按照特定的方向和方式行走。人们仅仅是在此通过，而并不行走。

在林间小路上，人用自己的双脚直接和湿润的土地接触，而不是隔着一个高速飞奔的机器在水泥上驰过。在乡间，你的身体直接暴露在环境里，你听着鸟鸣猿啼，感受着森林里的湿度和温度，脚踩在落叶上发出"沙沙"声。脚下的道路若有若无，还常常有模糊的分岔。这时候你发现自己处于无穷的可能性当中。你操心筹划，投入地回应各种各样的可能性，并批准按照特定的方式行走。在这个过程当中，走路就变成了人在途中，成为人的根本存在的绝好象征。

第二部分

第五章　电视的堕落

不少"80后""90后"一出生家里就有电视，电视比尿不湿要更早地进入人生。虽然没有明确的证据，但我认为自己三岁以前大概率是裹尿布看电视的。坦白讲，电视对我们这代人的陪伴要远超父母。小时候我经常被一个人扔在家里，门从外面反锁着。除了扒窗台盼父母下班，电视给了我不少慰藉。近来，我一直想买一台老电视放在家里，想把那些温暖的时光凝固起来。又怕父母看我开始怀旧，说我丧失了雄心。雄心这件事，一直不确定有，但是怀旧情绪，疫情期间日渐高涨，好几次夜间泛滥，还哭过两鼻子。有了网络，虽然电视很大，但基本成了摆设。偶尔开电视，也觉得犯难。现在电视通盘网络化，所有内容平铺给你自己选。以前你不大知道下面的节目是什么，即使知道，也要夹杂其他节目来看。网络电视让人立刻看想看的，但也丧失了意外，不能看到未曾预料的。这让看电视的乐趣丧失了大半。

中国电视节目诞生于1958年的"五一"。当日晚七点，北京电视台播放了《工业先进生产者和农业合作社主任庆祝"五一"节座谈》等节目和一些诗朗诵。"文革"中中国电视业受到巨大冲击，电视真正走入寻常百姓家还是从八十年代开始的。据统计，1980年全国有电视902万台，达到了百人一台。沿海发达地区，例如广东，1982年电视的家庭普及率已到了70%。内陆地区普及得慢一些，但到了九十年代初，大多数人家里都有了台电视，看电视成了全民体验。

电视刚进入寻常家庭还是一个稀罕物，它和一般的东西大不一样。村里物件都有迹可循，大都是熟人做的。家具是木匠做的，鞋底是母亲纳的，箩筐是舅舅编的。每个东西怎么来的，从材料到制作者，都在自己的生活关系之内。电视是作为一个稀缺品闯入生活的，它来自遥远的城市，人们对它的背景一无所知。村里没人造过显像管，更不知道要用什么材料做。此外，电视的造型像个匣子，遍布各种按钮，和日常用品出入很大，光看样子不大能猜出来是干什么用的。不像铁锹、锄头、铁犁之类的，摆弄几下都能猜到怎么用。

用技术哲学的时髦话讲，传统农具的"可供性"（affordance）——其材料和工程物理特性——邀请人按照特定的方式去摆弄它，进而固定下来一种或几种特定用法。农具自己能说话，它是自带说明书的。电视就不一样，光是拨弄电视是搞不懂怎么用的。这就需要阅读说明书，对电视背后的信号逻辑有点常识。这对不少农民来说是个挑战，一开始还要找个有点文化的人来教教。这就让电视的风采力压农具了。

八十年代初，电视对不少老百姓来说，有点自带光环。电视不单是简单用具，它还代表着一种身份，象征美好和现代的生活。电视被摆在了八仙桌上，和福禄寿喜四大神仙放在一起，电视成了"科技神"。对现代化的渴望反映在电视的设计上，科技神要有自己的造像。神像的手眼越多越厉害，电视的机关越多越先进。据说有日本厂家故意在销到中国的电视上装满按钮，用起来更麻烦了，但是销路更好了。除了要按按钮，还要拨天线。电视头上一根，屋顶也矗立一根。看球赛的时候，你要不停地摆弄电视天线，减少雪花点。这不是一次挪动就能彻底解决的，不同台对应不同的天线位置。那时候人有一种特别稀罕的技能，能够记住不同台的最佳天线位置。这种技能逐渐消失了，现在，人连女朋友的手机号都记不住。

电视的多面性

电视对生活的影响是深远多面的。美国社会学家帕特南专门研究过电视对美国政治的影响,指出看电视的时间和政治参与是成反比的。一来人们看了太多肥皂剧,没时间去思考严肃的政治议题,这和看报纸的人正好是相反的。另外有人看到电视上的政治辩论,就觉得已经参与了政治,产生了一种虚假的政治参与感。电视通过挤占时间和制造虚假参与的方式造成了政治冷感。

比较起来,电视的政治性在中国一度却是积极的。把电视搬回家里,是对中国人民的一次巨大的赋权。村里的大喇叭高挂在柳树头,讲话的不是村长就是书记,电影院里的银幕上不是战斗英雄就是各国领袖。人们头一回把声音和图像搬到自己家里来,想看就看,想关就关。干部不会从电视里跳出来非要演给我看。这真是一种前所未有的感觉。

另外，电视让人联系起来，这不是在某个神圣使命下的同志情谊，而是对共同喜忧的俗化认同。一想到小时候看电视，时间总会给回忆镀上一层夕阳色，感觉一切都发生在黄昏，并渗透着煮熟的饭香。电视上充满了熟悉的陌生人，虽然人各不相同，但似乎总有一种整体性的东西把大家都浇筑在一起。没有电视，很难想象怎么让十几亿人迅速学习普通话，并从自己狭隘的文化圈中脱离出来，融入一个文明。历史上的帝王通过刀与剑来铸造民族。电视用一种娓娓道来的方式，把来自完全不同文化情境的人逐渐地讲成了一个民族。

就具体政治活动而言，中国人一度过于醉心，电视恰好是个解药。电视不仅让人看到了外面的世界，更重要的是让人看到了自己的世界。虽然一开始电视是黑白的，但每个人都从中看到了色彩。电视中出现了个性，出现了各种各样的故事。我觉得父母在看《渴望》的时候，经常议论纷纷，看《英雄儿女》这样的影片，就很少对话。我前几年才回头看了《渴望》，小时候没有印象。这部片子里没有光荣使命，没有战争奇观。用旧眼光看，这部片子充满了无聊、悖德、虐恋和堕落。用新眼光看，政治迫害、三角恋、重病、车祸以及出国等桥段也用力过猛。但用当时的眼光看，《渴望》接近人们接受并想象的一般生活的最远端，和革命影片的气质完全不同。

我时常感觉，革命影片是一种特别系统的形而上学，它通知每个人有一个真实的乌托邦，而把当下的一般生活裁定为虚幻。这样一处理，日常生活就没能成为传统电影的主题，是不值一提的。八十年代，随着文化气氛逐渐宽松，王朔的作品透过电视剧开始走到每个人的生活中。普通人才开始注意到自己稀松平常的生活是值得观赏的。电视为全中国人民提供一面镜子，让每个人都可以透过这项技术来阅读自己、观察自己，进而整理自己当下的生活。

有电视的童年

电视不仅影响成人，对儿童的影响也是微妙的。小时候，我有点早熟，总是一边玩玩具，一边观察大人，有种看《动物世界》的感觉。据我观察，八九十年代的大人生活自觉性是很差的，每个人的生活大都一眼看到头，不大需要回头观省。孩子也没什么童年，无非是小一点的大人。人生往大了说是接社会主义的班，往小了说是接长辈的班。是后来重播的《恐龙特急克塞号》提示我还有一个外星世界，这让我幼小的心灵大受震撼。原来在大人统治的世界之外，居然还有闪烁着奇异光芒的外星空间。电视一下把幼小的心灵抛入宇宙尺度中，令我一度觉得现实才是假的。

我对电视的兴趣大大超过了对现实世界的兴趣，后者没有悬念，剧本已经被伟大的编剧们写好了。电视里面光怪陆离，各种人有各种故事。八九十年代片源少，每有一片常能万众瞩目。《渴望》《上海滩》《霍元甲》天天重播都有人看。现在想起来，电视可能制造了全中国孩子的叛逆期：一来没有电视时没人听说过"叛逆期"，二来武侠片让孩子变得特别不好管。儿童作为敏感的弱势群体，能够接受的信息非常少。信息通常是有门槛的，小孩子看不懂字。当信息是用文字存储的时候，儿童自然地被排斥出去了。

电视的引入降低了信息门槛，儿童可以通过电视了解外面的世界。起先看了不少美国和日本的动画片。稍长一点，就开始要看武侠片。我对电视的热爱最终导致了家庭信息管理。大人开始变得鬼鬼祟祟，画面和声音成了一种特权，有些时间段和有些片子，只有大人可以看，小孩子不让看。这就导致我和父亲产生了冲突，童年是在抢电视的斗争中度过的，激烈起来的时候，是要断绝父子关系的。彼时老王正当壮年，我则正在追求主导权。家父最爱看译制片，几乎到了非译制不过目的地步。他虔诚地追看一部叫《神探亨特》的重播片。据说该片最早引入时美国本土还没放完，堪称中国电视史的光辉一笔。

美国译制片的一大问题是时常出现接吻镜头。新中国的荧幕上，最早恐怕只有《瞬间》这部禁片有过一次接吻，不过还是隔着伞看个剪影。尺度较大的可能还是后来的《庐山恋》，但整体上都是非常扭捏的：接吻要做很多铺垫，接吻者必须是情侣或夫妻关系。西方译制片不一样，常常不分场合接吻，吻得特别草率。随机接吻很难预料，这增加了信息审查的难度。家父最终要求我见此情景以手蒙眼。我起先并不知道什么叫接吻，但蒙眼令发布后我对此却熟悉多了。这一幕堪称中国版《天堂电影院》。

西方电视影像的逐渐流行让父亲很紧张，他自己爱看，信息不免会露给我。"007系列"电影中经常出现身材曼妙的女郎，中国本土的节目也越来越开放。直到《封神榜》出现，家父完全禁止我看这部电视剧。除此以外，电视里更让父母担忧的是暴力。主抓精神文明的高层领导体恤民情，这导致《加里森敢死队》

停映。好在不久又逐渐宽松起来。"80后"看得最多的是《白眉大侠》、《雪山飞狐》和《射雕英雄传》。彼时父母严厉禁止我阅读武侠小说，认为它们都是垃圾，但对武侠电视剧的态度则较为宽松。我估计是因为出租武侠小说的书店氛围很暧昧，加上小说中有些桥段十分赤裸，家长很难有效控制信息。但是武侠电视剧毕竟经过更严格的审查，相对来说很少会出现特别过分的情节。而且电视剧不像小说，不会一个人看，出现问题可以立刻矫正。

从现象学立场看，武侠片是身体性的。和动画片相比，武侠片是身体可操作的。动画片的场景在现实生活中多半是没有的，它经常过于夸张，不是发生在外星球就是发生在妖怪洞。武侠片的主体通常是山水和人物，这都是那个年代俯拾皆是的元素。七八岁的孩子在野外疯玩，削竹为剑，抛石成镖，床单一裹成斗篷，从一个谷堆跳上另一个谷堆，一个花坛跳上另一个花坛，江湖是每天都要构思并完成的一项生存活动。

对七八岁的孩子来说，真正的儿童节目不是动画片而是武侠片。受武侠片的影响，"80后"这代人整体上比较皮。但是这种皮和一般淘气不一样，这是一种带有浓郁理想主义的淘气。"80后"仍然憧憬乌托邦，但这不是革命情怀，而是大侠情结，总觉得自己在行走江湖。武侠片热映的时候，的确带坏了年轻人，大大增加了学校的管理难度。不过这不能全怪武侠片，看反特片产生的效果是一样的。对武侠入迷后，我在很长一段时间内都以为自己是惨遭遗弃的，被养父带大，会命中注定地掉进一个装着怪老头的山洞，得传武林秘籍。我将一统江湖，认识一个性格蛮横的小姑娘，并最终为奸人所害……以上逻辑深深烙在不少"80后"的人格中。

现在不兴武侠了，武侠精神躲进了奥特曼。不过，最近接通知，某秉持蒙特梭利教育法的幼儿园禁掉了"奥特曼"，让这所百年名"校"看起来十分可疑。蒙特梭利的初衷是要给穷苦人办学校，让不太机灵的孩子也能获得成长的机会。现在蒙特梭利学校大都开在一线城市的核心区域，学生的父母不少都是高知，在这种情况下使用蒙特梭利教育法，就像爱马仕店里雇了个画优惠券的美工一样。"奥特曼系列"有很多版本，有些版本的某些桥段的确需要慎重对待，甚至删除。但禁止奥特曼这个IP过于粗暴。孩子看不了奥特曼，没机会想象江湖和锻炼拳脚，倒是有可能变得过度敏感，甚至神经兮兮。

"虚假需要"生产机

时过境迁，今天电视作为一个观看系统，和八九十年代有了很大区别。技术哲学家埃吕尔在《技术系统》一书中对电视做了富有洞见的批评。他认为现代社会使人丧失了一种象征能力，不再能想象另外一种生活和意义。整个世界都被技术象征垄断，技术则象征它自己。技术通过大众传媒这一手段来实现自我象征，一切都是为了用最小投入产出最多的商品。传媒学家史麦茨尖锐地指出，电视并不是播节目的平台，电视的本质是播广告。电视台透过播放综艺、电视剧、电影等来吸引观众的眼球，接着把观众的注意力打包成为一种商品，卖给企业，赚取巨额的广告费，观众成了"受众商品"。中国商人很早就意识到电视广告的重要性。山东秦池酒业厂长王卓胜曾说他每天给中央电视台开进一辆桑塔纳，就能赚回一辆豪华奥迪。

现今的电视发生了很大的变化，电视不是电视机，电视的新形态是短视频。短视频背后有一个团队去设计、制作，看似记录生活，其实都是创作。但是我们总以为短视频和电视不一样，以为短视频反映了很多人的真实生活处境，电视则是虚构的。其实，电视刚刚进入家庭的时候，不少人也觉得电视都是真的。看电视和看短视频都会让我们羡慕别人的生活。

但看短视频和看译制片产生的羡慕完全不是一回事。后者透过屏幕带来一种新生活、新人类，让人接触到了新意义，短视频通常只让你看到新产品。

作为一种短视频的电视不断兜售大量商品，生活几乎处处被其笼罩。鲍德里亚曾讲过这么一句话：个人作为消费者是自由的，但只能作为消费者则是不自由的。这句话的意思是，人正在丧失把自己不理解成消费者的能力。在消费社会当中，对物的态度无非就是要把它变成一个快消品。这么一来，人们的一切欲望都被经济化，喜新厌旧成了一种美德。从这个意义上讲，电视逻辑上先于人本身，作为大众传媒，它负责制造只懂消费的人。

回看电视播放史，电视最早一天就播几个小时，一周只播几天，还算节制。早先根本没那么多节目，主要是放放新闻片。六七十年代电视也很少，一般只有单位有一台。十几寸的电视八九十个人一起去看，甚至还要买票，基本上就是听个响，把电视生生看成了收音机。八十年代，电视逐渐进入每个家庭，不过电视节目播放仍然是有作息的。晚上十二点后，圆形电视信号检测图出现，一天的节目就结束了。有线电视出现后，作息消失了，电视台开始24小时不停地播放节目。这样一来，人的所有注意力都彻底被打包了。每个人看电视的时间都相应延长，午夜电影也能插播广告。今天的网络电视更加贪婪，它的终端大量增殖，手机也是电视。每家不止有一台电视，每个房间都有一台，人人手里要有一台。电视强迫性地个例化自己，竭力榨取所有人的全部注意力。

未来的电视想必会元宇宙化，将极具沉浸性。现在市面上已经有不少做得很不错的头显设备。例如Oculus Quest 和 Pico Neo 基本上都有了自己的生态，苹果的 Reality Pro 虽然有点贵，但出货之后，混合现实设备将逐渐成为家庭消费品。不难想象，未来广告会变得越来越真实。原先因为阶层隔离不会进入消费视野的东西，会透过技术突然呈现在你眼里。昂贵的奢侈品可以在虚拟现实中试穿试戴,你也可以在传世豪宅里四处走走。这都是很迷人的可能性。我们中的大多数将要面对一个近在眼前而又永不能及的理想生活。斯蒂格勒讲过,技术有药性,是药三分毒。在带来新鲜知觉体验的同时,元宇宙电视会告诉你什么是好的生活以及好生活里装着什么东西。未来人所要适应的不再是自然环境,而是电视环境。每个人一生都在不断寻找新的商品,生活由金融名词和仓储清单构成。所有人逐渐丧失想象另外一种生活的可能,蜕变成维度狭窄、心灵残疾的单向度的人。至此,电视失去了它讲述新意义的能力,堕落成一台虚假需要生产机。

第六章　小城打印店

五笔打字

从二十世纪九十年代起，小城镇上，打印店如雨后春笋般涌现，大城市里面的打印店有些已经非常气派。大学周围打印店林立，和小卖部、成人用品店形成了现代城市生活的三大门脸儿。在《新化复印产业的生命史》中，冯军旗博士就打印店的历史做了一些梳理。他发现打印店大部分是湖南新化人开的。新化人一开始赶鸭子上架去修打印机、复印机，后来发现中国台湾大量购买欧美国家和日本淘汰下来的旧打印机拆解归类销售至中国大陆，从此开始经营打印店。

文字就此在民间展现出新的活力。

我有关打印店的印象大概在初一时才留下来，之前的不大深刻。八九十年代，一般只有单位里有打印机，价格还十分昂贵，都是一些几万到几十万的大设备。那时候看到书本，或者政府的文件，还感觉是一件非常正式的事。打印就和画符一样，有一种魔力。规规矩矩印在纸上的文字，能给人造成约束感，一般都是正确的，重要的。以至于把自己的文字打印出来，就感觉已经把文字出版了一样，常常能获得一种出书的满足感。

彼时电脑还远没有今天这样普及，我最早的电脑知识是在打印店里面学的。记得家父上班回来，突然和我恳谈电脑与未来，说是未来年轻人不懂电脑就是文盲，二十一世纪的人都要会编程，于是把我丢到打印店里去专门学电脑。当时打印店淘来的旧机器很多还用DOS系统，开机老得输指令。老板的那台电脑好像装着Windows95的操作系统，鲜艳无比，那是我第一看到视窗操作系统，啥都不用输入，开机就能用。回头看，我觉得老板不会不知道电脑不需要专门学习操作，但为了保住自己的饭碗，代表先进的生产力，生要把DOS教给我们。这和当今学术老板的工作性质差不多，要把思考这种本能的事儿弄复杂，叠床架屋，把人侃晕，好让人求着他学动脑子。

小城打印店业余教小朋友学打字，这在当时算是门真手艺。彼时通行五笔输入法，虽然可用拼音打字，但因为还没有联想功能，效率奇低。五笔打字法把汉字拆解成了自创的偏旁部首，逐个对应键盘上的英文字母。这时候，汉字就被肢解了。在五笔系统中，汉字原来在田字格中的空间性就被解构了。汉字本来的空间占据被转化为键盘的空间安排，散乱地排放在一个长方形的区域内。在键盘上敲击不同的字母来完成汉字输入——键盘结合五笔输入法，成了一种特殊的空间技术。

细究起来，二十六个字母不管按什么顺序敲击，在空间上都不可能交叉，这和汉字笔画的空间穿插大异其趣。汉字的空间性负载着丰富的信息。比方说"仁者无敌"的"仁"字，其甲骨文，能看出是一个人恭敬地坐着。"仁"是以具身的方式呈现出来的，它是一个虔敬、端正的姿态。光是端详这个甲骨文，就多少能体会"仁"的味道。从这个角度看，键盘打字，因为丧失了这种空间性，实际上已经开始去汉字化了，以至于出现会打字不会写字的情况。

从书法到纯工具

在电脑出现以前，文字和书写本来不是两件事，是一件事。不仅字形的空间性对字义有构成作用，字的风格，即笔迹对字的表意也常具有构成性。比方说，你和一个外国人讲，要教他/她中国字，老外心中所想的第一个景象是你教他/她写毛笔字，大概率不是教他/她在电脑上打字。可见，在老外心中，从一个文化陌生人的角度来看，文字本身和书写系统是紧密相关的，这两者的联系源自深厚的历史缘分。

文字和书写的合一，使得我们常常把字和人格也联系在一起。"书，如也。如其学，如其才，如其志，总之曰如其人而已。"书法被当成了心之画，什么人写什么字。打字就不同了。用电脑打字，不管你用五笔还是用拼音，打出来的字势必都一样。我打出的12号仿宋体"福"字，和家里小朋友打出来的完全一样。但是我用毛笔写出来的"福"字，和小朋友写的差距就很大。这就有会写字和不会写字的区别。再高级一点，别人会用练过和没练过来甄别。

中国人，不分年龄，都会很自然地端详一个人的字，借此来揣测他/她的人品、教养和修为情况。这种中国人所特有的"字相学"和西方的"颅相学"一样曾广有信众。从科学角度讲，从笔迹或能推断一个人是否患有阿尔茨海默病，诸如字越写越小、收笔草率、结构失衡等都是脑功能失调的指征。但用字推断人品和用痣推断姑娘贞洁一样不体面，秦桧、严嵩、董其昌，这都是书法大家。我猜中国人对字的看法是规范性的，不是说坏人就一定不能写好字，也不是说好人就天然写得一手好字。其核心是，一个品格端正的人，应该写一手好字。可见文字并不仅仅被当作表意的工具，文字是人格的空间化，堪称人生几何学。

"80后"父母，很多对文字本真的样子不大陌生。我爷爷没事就爱练练字，到了家父，几乎要把自己逼成专业人士。他经常拿两张办公桌拼到一起，铺上大毡毯，一写一下午。楷书、草书、隶书、小篆，样样都写，兴致高的时候，还要用筷子蘸墨搞搞实验书法。隔壁屋，我正在把两支笔并在一起写字，以期尽快完成作业。写字对我来说无非就是一项重复性任务。

在书法的情境中，文字却很少重复，它自身的样子在历史中徐徐展开。一个字要写哪个字体，写多大，墨多深，都要在心里有个估计，且得琢磨。书法始终是一项筹划。小时候，我经常看到老王盯着宣纸发呆，骤然落笔，一气呵成，静待墨干，挂在墙上端详良久，时不时做痛心疾首状、壮怀激烈状、老骥伏枥状……字儿从挂在墙才算开始，他会不停重复着写，换不同的字体和章法，继而缓慢地完成它。

在书法活动中，字体字形、下墨浓淡、章法安排本身能够传达字符以外的内涵。而打字使得这些信息完全丢失了，文字变得干燥，以至于还要透过表情符号来补充，古人则可以从笔迹中立刻捕捉对方的态度。另外，书法活动中，文字本身也首先不是一个物理对象，仿佛它和我们的身体、心理丝毫没有关系一样。书法作为一种写字活动显然是身体性的。在学习悬腕的过程中，最累的是腰。就全身肌肉的调动而言，书法应该算是一项体育运动。

更显著的差别是，打字所用的电脑硬盘，相对于文字信息而言几乎是无限大的，打字不必对书写工具有任何注意，电脑沉入了背景。书法所用的书写工具要引人注意得多：毛笔用兔毫、羊毫还是狼毫？软硬不同适合不同字体。用毛总要一撮，否则写字软散。因此，毛笔写字比较大，即使是小楷，也比钢笔字大不少。另外，竹简作为一个空间变量也限制了每个字的大小。一片竹简长宽有限，字不能任性地写，腾挪空间有限。毛笔和竹简两种物之间的张力，让写字的大小基本上就固定下来了。大小和风格是紧密相关的，太小的字写楷书，草书就难成。写作工具对文字大小和风格都进行了显著的调节。

竹简上写字，空间非常金贵，这就需要把空间经济化。这可能是导致古代白话文没有成为书面语言，标点符号没有被大量广泛使用的原因。考虑到空间的限制，古人对标点符号的处理非常微妙。古文有"知乎者也"作为停顿。不仅如此，行文风格常使得标点变得不再必要。骈体文对仗工整，使得文字本身涌现出韵律感。只要前几句找到节奏，全文就很容易通读。

你读"落霞与孤鹜齐飞",就很容易知道在"秋水共长天一色"后做停顿。

在书法活动中,文字所依赖的"物"(毛笔和竹简),使得文字以独特的风格呈现出来,富有节奏感,这让古文读起来不像识字,更像识谱。古文读起来凝练简洁,富有韵律感,成为一个诗化的语言。人在对待这样的文字的时候,常有一种崇敬感,感觉文字本身是指向某种超越性东西的,它不是一个工具,可以被随意调用。打印、复印使得文字失去了这种感觉,文字变成了纯工具。

比方你走进一个博物馆,看到博物馆的墙上有一件巨幅书法作品,上书"福"字。你也能在计算机上打出一个"福"字。从词典学上来说,这两个"福"是一个福,没有什么不同。但是从一个基本的生活立场来看,我们都知道这两个"福"不太一样。如果是一样的,它们就可以互相替换。这两者的区别在于,书法的"福"字是有个性的,它是唯一的"福",而打印的"福"字则非常平庸，仅被工具性地用作符号来指称，就像工厂生产的肥皂一样，没有哪一块是唯一的一块。从这个角度看，我们可以把打印看成一种书法的摄影术，可以大量制造优美的文字。

本雅明曾专门讨论过摄影术对生活世界的影响。在《机械复制时代的艺术作品》中，他区分了"膜拜价值"（cult value）和"展示价值"（exhibition value）。膜拜价值指向作为崇拜或敬奉对象的价值，它与艺术品的独特性相关。展示价值指的是艺术作品在公共展示和消费的背景下所具有的价值，在现今机械复制时代，这一价值得到了最有效的实现。展示价值与艺术品的可复制性、被大众追捧的程度等有关。从本雅明的眼睛去看，打印技术解构了书法作品的膜拜价值，把展示价值捧得很高。

文字的祛魅

文字似乎并不是起源于记事需要。为了记事，结绳或许就足够了。动物大都能自给自足，维持生存，并没发明任何记忆术。象形字起初并不是为了表征所象之物，文字可能是一种"符"号，是一种巫术活动，写字可能是画符，旨在崇神驱邪。仓颉造字后，"天雨粟，鬼夜哭"。"鬼者，归也"，一种解释是：归去的祖先因为有字，而被记录在册，不被遗忘，因而喜极而泣。文字被刻在龟壳牛骨、鼎篆碑面上，人们借此获得了一种独一无二的时间感，即永恒。正是透过文字，人将记忆外置化了，形成了公共记忆，历史得以确立。

"80后"生在了历史的肯綮，这是命运最大的馈赠，他们对电脑打印和书法都不大陌生。我们父母这代人还觉得文字很金贵，不仅写过书法，他们有人还刻过蜡版。刻蜡版也是一种打印复印技术。薄薄的一层纸上满涂油蜡，用一个带钢尖头的笔在蜡纸上刻出凹痕，再用滚筒压印。油墨钻进凹痕中，就印在了纸面上。这种复印方式实际上还是挺高效的。蜡版的主要问题在于，每次要印新的内容就必须重新刻。这时候，刻字人和写字人是不能分开的，会写字的才会刻字。

字写得不好，就肯定没法去做这个工作。可见，蜡版油印技术必然要求刻字人都是字写得非常好看的人。在我的印象里，油印一般会用仿宋体来刻公文。遇见水平高的，刻出来的字和印刷体很难辨别。刻蜡版的同志都是才俊，共产党干部很多都曾是刻蜡版高手。周恩来在南开读书期间就曾靠刻蜡版勤工俭学。八九十年代地方政府中，仍然有人能靠刻蜡版吃上饭。

刻蜡版和打字大不一样。我手写了一篇诗歌，找个打字员来，尽管他/她的字写得可能很丑，但是只要会打字，就能把诗歌打印出来。这时候，写字和打字不再是一回事，是完全分开的。写字者和打字者的分离带来了很多影响。现代人最大的奢侈在于可以随意制造并消费文字。有了电脑打字，文字在数量上极速增殖。现代人动不动就能写成千上万个字。

一篇硕士论文通常有四五万字，文科博士论文写二十万字也并不新鲜。要把《道德经》五千言拿来答辩，很难拿到本科学位，评审委员一般会认为全文过于单薄，尚有诸多未尽之意。古人形容一个人非常有文化，常说他"学富五车"。这个成语用来形容惠施的博学多闻。彼时还在用竹简，文本量换算到现代，恐怕不会超过十本中等厚度的图书，更不会有那么多占字符数的参考文献。

文字在当今的生活中堕落为一种纯粹传递信息的媒介，变成了一个纯工具，可以任性使用。这时候，人们开始说什么就写什么，想什么就写什么。这样一闹，文字就丧失了它的严肃性。在古人眼里，并不是所有日常生活中说的话都值得一写。打印时代的人就不同了，他们觉得什么都可以写，都允许写，也值得和别人分享，于是放肆码字。我们教研室就经常接到大部头专著，常见题目有《宇宙全息哲学总论》、《黑洞不存在》、《纠正康德》以及《罗素的十个致命伤》。这些书的标题起得真不错，一般比正文要出彩。

现在的情况是，退化的文字大泛滥，新词儿不断，词语越来越轻率，每句话都是未完成的。语言必须幽默、俗气，甚至略带狡猾，以至于严肃的表达在网络上会被人轻视排斥，认为是装腔作势。当使用严肃文字来表达的时候，作者常常会莫名其妙地不好意思，觉得即使是表达悲伤，也有适当逗人笑的义务。写诗这种严肃的活动，则已经几乎要从今天的精神活动中绝迹。当下，不少人都在怀念八十年代，据说那是一个诗人的时代。当今大学里，谁要是写诗，很可能第一个找不到对象。与其说是人们失去了对诗的兴趣，不如说人们对文字本身失去了兴趣。对文字的崇敬感是诗歌得以成为可能的前提，这在打印时代早已灰飞烟灭。随着文字祛魅，文字失去了崇高性，文字和空气一样，处处都有以后，自身反倒隐退看不见了。

与此同时，随着文字的泛滥，一种奇怪的文字样态——"格式"突然变得很重要。"格式"是一件很新鲜的事，不少人接触它是从学习写信开始。直到现在，还有人搞不清楚寄信人和收信人究竟应该放在什么位置。现在，格式已经深入一切，格式和传统书法的章法差别很大，是文字大泛滥后出现的新现象。章法必然是由有限文字构成的，在几尺的宣纸上写字，文字排布是尽收眼底的。打字就不同了，当一眼不能尽收文字的时候，我们必然要翻页，多次翻页要求专门生产出一种索引技术，叫目录，旨在帮助人们在不细看内容时，迅速定位具体的章节内容。更进一步，还需要把文字切割成小段，大标题套小标题，于是复杂的格式技巧出现了。

在复杂的格式中，字的个性消失了，格式的直接对象是语句和段落。一旦文字被淹没在段落里,字的空间性,它的历史嬗变都不再是被关注的对象,只有词句才是意义的基础单元。这对中国字是很不公平的。中国文字真正形成大量双音节词语是后来的事,这和英语是有很大差别的。渐渐地,文字越多,格式就越繁复,甚至已经成了一门专业,需要耗费大量精力才能习得。有的学生干脆在简历上写上"精通 Word 等文字编辑软件",算作核心专业技能。在有些情况下,思想活动甚至蜕化成了格式学,人们在评阅论文时,只要格式精美,差不多就要给高分。卷面分从看字到看格式,应该算是一次大退化。

第七章　录像厅与大启蒙

　　图像技术一直是最令人着迷的技术之一。相比其他机器，显示器和放映机的目的并不是节省力气，也不是提高效率，而是为了播放一种叙事。这种叙事有三种功能，一种是教化人，统一人的头脑，一种是做奇观，让大家掏点零钱去看。这两种都是功利的，从本质上说还是一种心灵控制技术。第三种很自我——有人愿意讲个故事，纯粹是作为自己生命体验的表达，这就和极光、雪崩、涨潮一样，不打算表演给谁看，也不想管束谁，更不想去换钱，就是一种剧烈活动的展开。

　　在新中国图像生活史中，"80后"还多少看过露天电影，这是一种令人着迷的图像技术。中国人是非常热爱看电影的。1979年，中国电影的观影人次达到了293亿。那个时候电影的放映模式非常灵活，城里面已经有不少电影院，但真正去电影院看电影的人，其实不是特别多。银幕数不够，而且电影内容千篇一律，革命电影居多，题材比较单调，目的性太强。相比电影，八十年代的思想似乎特别解放。诗坛朦胧派大崛起，诗歌变得非常个人化。"85美术新潮"，女文青肖鲁还能对着自己的作品开两枪。"走向未来"丛书为知识界开了窗，公共知识分子逐渐崛起，还能开风气先河。相对而言，电影不大跟得上人民群众的趣味和要求了。

在我的印象里，应该是搬小板凳看过露天电影。露天电影是特有的文化活动，基本上还是控制在地方宣传部门手里，算是个文化任务。看露天电影，不是说想看什么题材就可以看什么题材，露天电影没有门槛，必须老少咸宜，题材势必比较老套，就是看个热闹。《上甘岭》《高山上的花环》《英雄儿女》这些都是露天电影院非常流行的电影。这些影片水准都很高，但是故事本身和当时老百姓的日常生活关系都不大，还是不断重复革命叙事，时刻离不开战争。回头看，露天电影的新意不在内容在形式，当时家庭电视多是十四英寸，陡然换了个"大屏幕"，带来了一定的"沉浸性"，让人觉得内容立刻更"真"了。这种真主要指的就是大，能把角色拉到真人大小。但情节比较呆板，基本上还是复刻了当时常见的一些意义，例如个人牺牲、革命理想、集体主义等。这些意义就其自身来说通常是崇高的，但它们在八九十年代的生活背景下，显得不够切肤。

露天电影一直放到九十年代，现在还有小区周末搞这个活动。我早就把看过的露天电影的内容完全忘了，可见当时电影的主流叙事和凸显的意义没能真的走入我的精神世界。可能是因为我太小了，但主要还是因为电影里的现实和我的现实生活差距很大，中间需要填充一些更老旧的记忆,例如六七十年代的生活经验,才能真正观赏这种情节。作为小学生,我对电影幕布的兴趣经常超过对电影的兴趣,总试图钻到电影幕布后面去寻找真相。很多小朋友和我有一样的兴趣,我们都觉得电影不是虚像,银幕后面应该有真像。

后来,电影院里的片子开始逐渐丰富,开始放一些港台片和引进的美国电影。小孩不大需要买票,售票员转身的工夫就可以混进去,查票的也不抓小孩。电影院陈设简单,没什么IMAX(超大银幕)、立体声之类的讲法。一台珠江放映机,一块幕布,一排排条凳。我经常躲在凳子下面,透过大人的腿偷看电影。

我隐约记得幼儿园组织看了《妈妈再爱我一次》,这部片1990年大陆初映,观者云集,据说整个调动了台湾电影人进军大陆的热情。我妈说我起先是站在凳子上看,看着看着出溜到凳子下去哭。作为一个单纯而稍微有点神经过敏的儿童,我在现实生活中从来没有感觉到母亲的存在有多重要。我妈对我挺好的，到了初中还天天给我穿袜子，在所有的同事眼里，她尤其溺爱儿童。反倒是这样，我觉得她基本上是透明的。

这部电影非常正经地告诉我，没有妈的孩子像根草，有妈的才是个宝。现在想起来，《妈妈再爱我一次》对我幼小心灵的摧残要远重于一般的影像暴力。暴力只要不是过于血腥，其效果和烟花差不多。但是苦情戏让一个孩子产生了错误的预期，他不仅害怕自己被母亲遗弃，而且会轻视单亲家庭的孩子。等他们长大，则会过于相信双亲家庭必然比单亲要更容易给孩子幸福，却不易理解不合的父母可能会给孩子带来更大的伤害。如果让"00后"青年来看这部电影，他们大概率不会感动，而会觉得肉麻，甚至扭曲。可见，《妈妈再爱我一次》里面的意义，只有在那个特定的年代才讲得通。

崇高与暴力

　　整体上看，八十年代末、九十年代初电影院的片子非常贫乏。中国电影的逐渐繁荣，似乎是2002年院线改革后才发生的。相对于电影，电视上已经有了不少比较新鲜的东西，当时引进了一些欧美译制片和港台电视剧，常能让大众聚在电视机前，对老百姓的精神世界产生了不小的冲击。但在电影和电视之间还夹着一个非常重要的东西，就是录像厅。早在八十年代中后期，中国的大街小巷出现了一大批录像厅。录像厅一般不选址在繁华的街口，通常是在一些小巷子里。但酒香不怕巷子深，录像厅常常是爆满的。

　　录像相对于电影和电视来说，内容审查要宽松得多。最早，录像厅多是由原来的电影院等文化单位来经营。后来开始私人承包着干。私人经营，要考虑的头一件事不是教化群众、移风易俗，而是要赚钱。当时有大量的港台片流到了内地。录像技术其实是很特别的。一来是和现有的设备配合很好。录像放映机很小，搭台电视就能放。二来是录像带本身很容易复制，做个拷贝不大费功夫。电影就不行了，要大银幕，拷贝一盘带子很费功夫，放映机也很大，需要放映条件。八十年代香港新浪潮导演的作品都很出色。到了九十年代，香港电影持续高光，大量明星诞生，每年出海量新影片，各样题材都有探索，这些影片都以录像的方式流进了中国人的精神世界。

我最早知道周星驰，就是在录像厅里。虽然周润发是录像厅里绝对的主角，但我对他印象不大深，"70后"或者"80尖儿"的人对他更有热情。我当时太小，看不太懂打打杀杀。我的录像厅记忆从《唐伯虎点秋香》开始。对一个七八岁的孩子来讲，这部片给我的感觉非常奇怪，看不太懂，但又看得下去。当时，我已经大概知道"唐伯虎点秋香"本来是一出戏。

一说到戏，我印象里不是京剧就是黄梅戏，或者地方的四句推剧（一种源自凤阳花鼓戏的地方戏种）。

我虽然看不懂戏,但知道这都是长辈中意的东西,挺严肃的。和所有儿童一样,好与坏,标准完全取决于大人的脸色。我看完片时常要和老王交流思想,老王将港台电影一律贬为垃圾,现在看来还有干湿之分。枪战片是干垃圾,虽然难看,但不臭。周星驰太不正经了,把一出好戏搞成那样,堪称湿垃圾,臭不可闻。

回头看,老王认为"唐伯虎点秋香"是一出经典,是自带光晕、严肃而崇高的。我们父母这辈人,一度浸淫在崇高文化之中,很容易热泪盈眶,并时刻准备着为一个壮丽的事业粉碎自己。他们不太重视自己的生命,总爱把自己当成一个火捻子,是为了引爆什么灿烂的东西才活着的。在这个大背景下,突然看见周星驰这么恶搞"唐伯虎点秋香",就觉得特别气愤。这就和在佛堂里看见别人开闪光灯照相的感觉差不多。佛像庄严,还有神秘的力量加持,怎么能让你拿闪光灯晃来晃去,缩印在手机上,随意翻看呢?佛堂照相，不合适，不小心，甚至不要脸。

　　我一开始觉得老王说得挺有道理，毕竟他比我高，胳膊更粗，并且经常在外应酬，看起来挺重要的样子。但我还是越来越爱看周星驰。周的表情和动作都很僵硬，本来不是个好演员。他的僵硬和定格感碰巧吻合漫画书的分镜表，最终把一切影片都演成了漫画，闯进了一个特定时代特定观众的心坎里。当时我不能像今天这样清楚地梳理自己的心绪，现在回头看，我幼小的心灵肯定已经透过录像厅瞥见一种更加确凿的真实。原来经典也没什么大不了的，反正我也没看过原版"唐伯虎点秋香"。原先穿古装的角色都得是文化人和江湖大侠，天然一本正经，下颌线都要比现代人直。李力持让江南四大才子穿古装走T台，这让人大为震撼。面对经典的虔诚被狡黠的坏笑取代，大概从那时候起，"80后""90后"开始从这些图像中渐渐继承一种透视感，笃信最高耸的宝座上面也是落着大白屁股。他们眼中没有圣贤。

不仅是解构崇高，录像厅还把暴力解禁了，使得暴力显著和每个人相关，而不必和一个崇高的使命相关。之前，暴力要不和一场正义的战争有关，要不就和阶级斗争有关，要指向坏分子，再不济要指向坏动物，比如老鼠、麻雀、苍蝇和蚊子。仇恨和相关的暴力都不是个人的，它是公共的。

录像厅里的香港电影头一次让暴力私人化了。有一次我在录像厅看了一部叫不上名字的香港电影，主题大概是复仇：主人公的父亲被杀，他开展了一系列的复仇行动。在凶恶仇人的追击下，他从十几层楼上往下跳，用背整个拍进水里，居然活了下来。而穷凶极恶的杀手则以跳水姿态降下，纷纷"肝脑涂地"，原来下方水很浅，刚没过小腿。

这个是一个特别荒诞的剧情，但却铭刻在我的记忆里。我当时肯定特别欣赏这种暴力。这是一种非常私人化的暴力，以往是不会拍给人看的。像前面讲的，暴力如果能够在银幕上得到展示，它必须裹在一个集体性的光荣叙事里面。暴力总是事关革命斗争，事关伟大的牺牲。崇高的暴力通常是被圣化的，变得值得观看。香港电影进来之后，情况发生了变化。一个小人物爱恨情仇里的非常私人化的暴力也成了观赏的对象。暴力不再是公共的，也不是崇高的，暴力本身是好看的。

暴力民主化使得每一个人都可以大大方方地去观赏一个私人化的暴力活动，不会觉得不好意思。周润发的电影深度影响了比我大一些的少年。他们中有人试图把其中的情节现实化。在学校内里逐渐出现了类似帮会的组织，有人雇我用彩笔画一张现金拿去烧掉点烟。这些十几岁的少年当然不是真正意义上的黑社会，他们都太年轻，还没有真正嵌入各种社会利益中去。等他们长大就会明白，社会中的暴力不是一场爆炸，而是持久的癌痛。

作为观赏对象的性

暴力和调侃还不足以把录像厅和电视、电影区别开，渐渐地，电视上也普遍地接受了周星驰的影片，电影院也进来不少香港电影和美国大片。录像厅最终还把性也解放出来，供人观看。性这件事非常奇怪，是个不容谈论的刚需。八九十年代的文学作品中，性已经可以刻画。贾平凹的《废都》当时在思想界引起不小的震动。小说虽然被禁，但学者的研究热情不减，争先恐后传阅。这传达了仅供研究、不供观赏的态度。性作为影像，还不大看得到。电影院和电视不可能放这个，性作为一个观赏对象最早就从录像厅开始。

去录像厅看录像时，并不知道会播放什么电影，但不论播什么，都能让你物有所值。通常每次去，都会放三四部影片，主要是香港的武打和枪战电影。录像厅是一个热闹的地方，人们一边抽烟，一边喝彩，对各种情节纷纷发表评论。观影在电影院是有一定的素质要求的,但在家里看电视时,通常是和亲戚朋友一起观看。家庭成员围坐在一起观看的时候,只有"春晚"这类节目最不具争议,也因此难看。但是在录像厅里,这种压力就不存在了,每个人都可以畅所欲言,纷纷参与讨论。然而,到了晚上十点之后,突然间空气变得宁静起来,每个人都不再开口,只顾吸烟,似乎都知道即将发生一件大事。这时,老板会突然从某个角落跳出来,要求每个人多出几块钱,准备放一部重磅大片。

对此,我有一个特别私人的回忆。小学二三年级的时候,有一次偷跑去录像厅看录像,一开始放的是港台片,但不知怎么回事,突然插播了一部计划生育专题片。整个录像厅顿时安静下来,鸦雀无声。令我印象深刻是宣传片中关于性病防治的部分。画面里展示了一些患有性病的生殖器官的图片,配有一位中年女士冰冷的旁白。这一情境令我大为震撼。之后,我对贴在电线杆上有关性病治疗的传单格外关注,还对自己的身体进行了长时间的检视。最终把性病理解成了一种原发疾病，认为只要有性冲动，就会得性病。

到了高中阶段，不少同学都会通过非正式的途径接触性。我有一个"80后"同事，聊天时告诉我他第一次看到成人录像时的心理感受。据当事人称，画面像一把匕首投到了他白板般的心灵上，整个世界突然出现了一道巨大的裂口，让他撞入了成年人的时空。在我们的社会中，性这个话题本来是不被允许讨论的，是一个禁忌。但录像厅里的画面不断突破禁忌，就像运动员不断刷新纪录一样，让人领略了什么叫一切皆有可能。对大多数年轻人来说，性的展示实际上超越了性本身。它昭示着我们曾经的禁忌，在新的社会风气中逐渐变得可以接受。尽管它仍然是半地下的，半遮半掩的。

从二十世纪八十年代开始，中国社会里出现了一个时髦的词儿，叫"性感"，直接从英文单词"sexy"翻译而来。1989年的《电影评介》杂志，连发五篇文章，分别是《玛丽琳·梦露的性感剧装拍卖》《88年美国影坛十大性感明星》《苏联第一位性感女星》《"性感偶像"汤姆·克鲁斯》《非人类的性感影星》。重要的事情连说了5遍！编辑对性感的热忱令人动容。"性感"一词能够从各大明星和各种文化人的口中毫不掩饰地流传开来，足以表明我们的社会开始公开接受性愉悦的合法性。"性感"是一个中性词，略带褒义。当我们说一个女性很性感，穿着很性感时，这意味着她具有一种性魅力，这是一种被广泛接受的、合理的魅力。这几年的情况反倒变了，再说性感有可能被定为性骚扰。

录像厅与现实+

近来我参加了中信出版集团组织的一次活动，与吴冠军和段伟文一起谈查莫斯的《现实+》。这本书在国内影响不小，刚出的时候不少青年学者都拿它开读书班，后来发现不够晦涩，专有名词量不达标，教师和学生的理解能力显得差不多，就逐渐被放弃了。查莫斯有一个观点我很赞同，他认为不能把现实简单地理解为"物理现实"，虚拟世界中的现实也是真实的。延续这个思路，录像厅就是二十世纪八十年代的元宇宙机器。这个狭窄封闭的空间，是通向未来世界的一条虫洞。在录像厅中，你实际上正在经历非常真实的未来意义。

录像厅屏幕上的故事情节对于八九十年代的人来说当然是虚拟的。但屏幕里的香港和西方，也都是真实存在的。这些画面和叙事涉及对个人欲望的承认、个人自由的优先，以及对金钱的崇拜等诸多方面。对于八九十年代的中国人来说，这些尚不是他们的生活细节，更不是他们的生活常态。然而，随着社会的不断开放，在有些方面，我们变得越来越像他们。

录像厅的画面反过来塑造了我们的社会想象，在它的影响下，现代人首先是一个观赏者，他们观赏暴力，观赏性，同时对所有一本正经的东西抱有敌意。典型的现代人与中国传统的文人形象及其诗意的生活状态有很大差别。现代人不够文雅，具有强烈的攻击性，充满怀疑，通常比较叛逆。他们敢于与过去决裂，还勇于接受自己的欲望。这种人格很难说是传统文化中理想人格的一部分，它不符合儒释道对人格的想象。

"80后"在很大程度上继承了这种现代的人格特质，使得他们与前辈相比，理想主义气质要稍弱，实用主义更强。他们的情绪也更容易失控，也更能接受自己不太好看的样子。对于这代人来说，录像厅中的录像情节和故事是虚构的，但它们的意义却是真实的。我就经常觉得今天的社会，和一部录像带差不多。

第八章　巨机器学校

不开心的场所

学校是一台庞大的机器，它由一系列建筑、教育和物流技术构成。这几年学校从小到大，一概封闭起来。每次把小朋友送到学校门口，看着他进楼，都觉得他进入了另外一个空间，校门跟虫洞一样。在某大学上班需要刷脸，每次"嘀"一声进门，有一种登箭远赴火星的感觉，令别人眼馋不已。学校作为一个空间已经从生活世界里整个儿切割出来了，变成了一块在地球上的外星飞地。

作为老教师的子女，学龄孩子的家长，教师的伴侣以及别人孩子的教师，学校几乎撑满了我全部的生活。很多时候，我的脸和举止就能让人识别出我是个教书的。据反映，我爱总结别人，总是语重心长，眼神中不时露出一种千帆过尽的诚恳。比方说大家谈杨枝甘露是不是太甜，七分甜会不会真的更好喝。我就会把这种闲谈搞成正方反方，还要搞搞辩证法，在喝与不喝，七分还是三分之间和稀泥，最终不忘把话题过渡到事关健康的良善生活上。这种习惯令自己变得非常油腻。

中国的学校里充斥着我这样的老师，个个通情达理，能言善道，几乎还是品貌端庄。按理说学校应该是个很愉快的场所。但近些年来，我感到学校是一个挺痛苦的地方，很多不幸都发生在校园里。这些不幸都不是天然的，不是人生的无常，而是后天的，但又很难说是人为的，不知道怎么就发生了。近来，胡鑫宇事件对我冲击很大。这是一个年轻的高中生，看起来老老实实的，成绩也不错。但是他组织了一场蓄谋已久的自杀，把自己挂在一根鞋带上，身体风干并蜷缩进了宽大的校服里。

据我观察，现在的学生似乎普遍感到了持久的压力，在某大的地下论坛里，不少人在表达自己对死亡的想象。有些细节十分丰富，展现出了杰出的讲故事能力。我在两所985高校当过辅导员，经历不少心理突发事件，给不少人疏导过情绪。糟糕的是，我几乎完全认同造成坏情绪的理由，不认为他们的苦闷是不适当的，是矫情。这就需要我额外花时间去理解现实，并同这个世界和解。好在我是做哲学的，可以将这种心绪装扮成一种深沉感。

夸美纽斯批判

时间倒退100年，在中国大搞平民学校还是不可理喻的社会现象。五四运动期间，平民教育才刚被提出来。很长一段时间，普通人家的孩子根本不读书，很少一部分人家的孩子去读私塾。铁匠的儿子是铁匠，农夫的儿子是农夫，天然的继承和衔接让读书显得多余。少部分望族大姓要出个穿长衫的，以此合法占有特权和财富，否则再多财富都可能被任性剥夺。私塾都办在家里，请个落拓的秀才来专门教家族儿孙。儿童大都六岁开蒙，几个到几十个孩子不等。现在一所乡村小学的规模都不少于六个班，每个班有三四十个人，一般要求不超过45人。

现代平民教育的理念最早是捷克思想家夸美纽斯提出来的。夸美纽斯是个虔诚的基督徒，他觉得既然村村都有教堂，为什么不能村村通校呢？在《大教学论》里，夸美纽斯有一段很精彩的话：

> 富人没有智慧岂不等于吃饱了糠麸的猪崽？贫人不懂事岂不等于负重的驴子？美貌无知的人岂不只是一只具有羽毛之美的鹦鹉，或是一把藏

着钝刀的金鞘？

教堂只要周日去做礼拜，剩下的时间还是自己的。周日读《圣经》，其他时间还是可以讲讲民间小故事，在神圣世界之外，还有魔法世界，生活多有张力。夸美纽斯偏不认同，觉得人除了去教堂还要受教育，否则就会没有智慧，就是猪崽、驴子、鹦鹉以及钝刀。钝刀固然是不好的，但猪崽、驴子、鹦鹉有什么错呢？我不知道为什么一定要让这三者富有智慧，它们拥有幸福就够了。

从夸美纽斯开始，逐渐地，男女都可以上学，教师必须要有明确的教学目标和参考文献，并且要评估教学成果。如果那个时代有网络，他还会要求教师提前在系统里上传教学大纲。夸美纽斯和我要是同时代人，我会不遗余力地伤害他。幸运的是他早生了五百年，并因此成了现代教育的先驱，而我们则生活在他的意义世界中，承受着慢性痛苦。

即使都是现代平民学校，学校在不同时段的状态差距也很大。我不打算做一个学者式的历史回顾，还是用自己的身体来丈量。超出自己的生命体验去谈历史，就像是一个三岁小孩谈养生一样，容易不可信，而且很可笑。新中国成立以后，国家特别重视民众的教育问题。七八十年代，在农村不仅针对未成年人进行教育，还以生产队为单元对成年人进行扫盲。白天干活，晚上学文化，称为夜校。大众教育学校规模不大，距离也不远，学校在空间的布置上，还没有离开一个人熟悉的生活区间。

附近的学校

八九十年代，通常一个村里有一所小学。幼儿园还不是特别普及。幼儿园是种奢侈的教育，或者说它不是教育，本质是一个托儿所，帮忙带孩子的。城里机关单位里面有托儿所，农村里不需要托儿，农民种地不算工作，当然也没人给你专门带孩子。小孩放在外面地里随便爬，村里没有汽车，没有高楼，唯一要留意别掉粪池子里。小学就不同了，小学在国民教育系统里，所以每个村都会有小学，小学的物质条件相对比较艰苦。有时候一座破庙、某个地主家的祖宅会被改建成小学。杨绛在无锡老家就上过"大王庙"改成的小学。一间屋子摆四五张桌子，全年级都在一间屋里上课。我在淮北见过一所佛庙改的学校，看门老头不知道从哪儿弄了一段钢轨，吊起来敲得叮当响，当作上课铃来用。大爷原是驻庙僧人，庙改校后还俗。以前敲木鱼，现在敲钢轨，实现了业务无缝衔接。

  作为一个家附近的场所，这种类型的学校对孩子来说是个天堂。不用骑车，不用长途跋涉，学校就在村东头。当然，乡村小学硬件相对差一些，也谈不上什么师资。很多地方动员了一些小学和初中毕业生来讲课，高中学历算比较高了。这些人一早被称为"耕师",边耕边教,很有耕读的古风。耕师不懂夸美纽斯,不用上传教学大纲,可以根据自己的感觉和脾性教书。小学主要就是教孩子认认字,做一些基本的简单运算,其他的时间没有太多管束。

我听说过一位张姓的老师,她在村里总共带了五个孩子。这五个孩子分别属于五个不同的年级。她同时给这五个孩子上课,这超出了当今任何一位老师的能力。张老师是有办法的,她先讲点一年级的东西,然后让这个一年级的娃抄写二十遍汉字,在此空隙讲二年级的内容,讲得差不多了,命其抄写二十遍,抓空讲三年级的,以此类推。可想而知当时的教学质量是怎么样的。当然这取决于你怎么理解教学质量。那时候主要的目标不是上大学,而是识字和掌握基本运算,这些都是生活里用得上的。人人上大学的理想可能是在2000年后才逐渐形成。之前广大农民对自己的子女从未有此"非分"期待。

作为附近的学校,虽然软件硬件都不好,但它有一个非常突出的好处，就是能够非常全面地嵌入一个村的人际和生存系统中去。老师也是村民，非常了解每一个孩子，并且了解孩子的家长。孩子的家长包括孩子本人也非常对称地了解老师。这两者之间没有出现明显的信息差以及相关的身份差。这样一来，虽然没有教学大纲，没有正儿八经的培养方案，但因为大家都生活在一起，人际资本非常高，很多今天看起来要成为一个研究对象的问题，都不必"问题化"。就好比感情和睦的夫妻不需要婚姻咨询一样。把教学变成一个沉思的对象，通过制定准则、划定方向、监督执行、评估成果这一套流程来把控，在一个乡村小学里是不可理喻的。制定准则、监督执行和评估成果需要有专人来做，最后在教师之外凭空多出一堆行政人员，这些人要吃粮食，对教学一窍不通，但时常支配教学活动。

后来情况发生了很大的改变。逐渐地，考虑到乡村小学硬件和师资太差，就要把小学校聚集起来统一做大学校，优化资源配置。例如把村小学逐渐撤销，把它拢在镇上办一个中心学校。中心学校就可以做比较大的投入，可以修宽阔的水泥地、方正的操场、红砖绿瓦的校舍。这个思路有前车之鉴，二十世纪美国就有过轰轰烈烈的农村学校合并运动。

大校带来一种统一的现代审美，学校的中心位置开始出现玻璃钢雕塑，通常形象是"少女捧书"、"少年抓球"，以及"火箭放卫星"。雕塑中的形象对村民来说都是天外来物。农村的少女和少年既不捧书也不抓球，火箭、卫星更是从未亲见。学校开始变得非常陌生，教师也变得不再熟悉，学校从生活场域中脱离了出去。

大校软硬件条件得到了很大的提升，中心学校教师的学历和能力都比村里的民办学校教师强得多。但原来附近的学校变成了一个遥远的学校，小学生上学就非常困难，他们要从村里走到城镇去上学。乡下小孩手上的冻疮很严重，手跟腊肠似的。那些住在城镇中心的小孩不存在这种挑战。这种物理上的距离也直接造成了精神层面的差距。

本来这些小孩生活在自足的生态小环境中，遥远的事物和他们无关。生活在"附近"里，他们有一种天然的均衡、平等、亲切和熟悉性。但一旦到了小城里，淳朴的心灵突然间认识到自己的"土气"。巨大的差距使得自己成了对象，孩子突然间开始打量自己，并回头审视自己家庭的处境，自己父母的角色。我有个小学同学，他非常聪明，身体瘦长，脸上时常带着局促的微笑，父母都是农民。后来他上高中，我们就没有什么交集了，有一次冷不防听说他精神失常了，常常喃喃自语。我去看他，他正坐在院里观察一堵起霉的墙。其实看不出他很沮丧，交谈中也没觉得特别异常。他可能对这个世界比较失望，自己在大脑中挖出了一个空间，不愉快的时候，就可以躲进去。

大校与暴力

大校的崛起是为了提高教学质量。夸美纽斯早就注意到：凡是想要大量生产的东西便得在一个地方产生出来。当所有人集中在一个场所的时候，集约化的教育就成为可能。不过，效率和质量的提升不一定就有多好。我们要问为什么要追求这种"质量"，为什么不能做一个简单的村民。换句话说，为什么我们期待每个人都要倾力学习那些几乎和他日常生活毫不相关的知识。为什么我要学外语？为什么我要学三角函数？为什么要会背朱自清的散文？为什么要知道北回归线在哪儿，植物的细胞有没有细胞壁？这和幸福生活有什么关系？

主流的叙事告诉你，费劲、辛劳地学习陌生的知识，是为了有朝一日成为一个优秀的人。这个叙事里面悄悄嵌入了一个价值序列，它否定当下生活的合法性。对农村的小孩来讲，努力学习是为了跳出农门，这就把自己乡土性的生活排在价值序列中的最底端。大校崛起的背景是社会变了。我们渴望进入现代化的社会，现代化意味着有很强的工业实力，或者干脆就是军力。原先耕读社会的文人理想被解构了，社会开始从不同的时间角度看待人，不再从过去的传承看，而是从未来的潜能看，每个年轻的后生都被看成一个可能的科学家和工程师。

大约在2000年后，逐渐每个村民都开始盼望自己的孩子上大学。这宣告一个现代性理想的全面铺开。从那时候起，整个社会变成了一个大校。每一个人在其中都努力地学习"知识"，以努力融入现代化的潮流之中。到处充斥着学习的热潮，地铁里人们都在听书，年逾古稀还在琢磨考研，农民工都在捧阅海德格尔。这个社会里的所有人都感觉到缺乏和不足，无法接受自己的平凡和松弛。这看起来令人振奋，但文质彬彬的叙事中藏匿着系统性的暴力，意图消灭一切非现代的生活方式。

比方说，现代大校的一种暴力表现就是它敌视传统社会中的暴力。八九十年代，打斗游戏还很常见。现代学校排斥这种暴力，以至于幼儿园要把"奥特曼"禁掉，说这样会诱导男孩打斗。幼儿园的电视也不允许出现"奥特曼"，只能看《小猪佩奇》。打怪兽不允许，跳泥坑倒是允许的。据这些秉持蒙特梭利教育法的老师说，后者是很自然的，人就是喜欢跳泥坑。他们主动过滤了人更喜欢打怪兽这种自然事实。

一切物理的暴力在大校中都是不允许展示的。唯一接近暴力的活动是体育。但如果体育中没有冲突，意思就不是很大。只有在冲突的过程中，小孩的胜负欲才能被激发出来，才够野。一个高度符合文明理想的体育就像洗得特别干净的猪大肠一样，前者不好看，后者不好吃。现代大校最直接的精神暴力就是制止使用身体性的暴力，将后者统统划归为霸凌。实际上，霸凌不必有暴力，而暴力也不必涉及霸凌。孩子之间扮英雄、打怪兽，在体育场上厮打一团都是体面的活动。

现代学校使人在学校的规训下变得脸色苍白，生命活力大为降低，逐渐丧失了凭借直觉使用身体的能力。艾瑞斯·杨（Iris Young）曾分析过男孩和女孩的活动的差别，男孩扔东西全身使劲儿，女孩就是手使劲儿，文化不允许后者自然地、投入地使用身体。现代大校对男女一视同仁，无论男女，动胳膊动腿都得深思熟虑，把一切使用身体的珍贵直觉都改造成经过审查的礼仪活动，一切都事关得体与否。苏格拉底曾经说过，"未经审视的人生是不值一过的"。我对这句话的感受是消极的，觉得处处审视的人生是令人难过的。

现代大校的另外一种暴力是拒绝学生走向真正的行动。法国散文家蒙田引过这么个例子，说有人曾问过斯巴达国王泽克斯达姆斯（Zeuxidamus），斯巴达人为何不把勇武准则写成文，让年轻人阅读。国王回答说："因为要让年轻人习惯于行动，而不是说话。"现代学校里把智慧写成书，让年轻人去读，并且故意把词汇弄得特别晦涩，经常过度引用，夹杂数种外语。这些套路和"回"字有几种写法大同小异，常用以遮盖苍白的思想。学生们因为年轻，觉得写好几种"回"字挺费事儿的，一定有大学问。他们还没理解愚蠢是可能大费周章的。

当学生们想要真正获得智慧，开始有所行动的时候，现代学校表现得十分警惕。它试图通过关闭校门、加强监督以及制造负面激励的方式来阻止学生们获得真正有益生命的智慧。真知一定和行动有关，它帮助人对自己的生存有一个整全性的理解，以此来把各种挑战和机遇嵌套在这种整全性中进行消化，输出相应的行动。现代大校恨不得把人培养成一张纸片，把学习从生活中切割出来，再把书面知识从学习中切割出来，然后灌输给年轻的头脑。这些知识只有在获取文凭时最有效，在生活中往往不仅没用，而且破坏与生俱来的生命直觉。常年教育，使得有些读书人看起来都不如动物灵巧，根本不像是经过百万年进化出来的。

最根本的是，现代大校垄断生活意义，并且客观上将教育变成了一个贩卖生活许可的活动。美国二十世纪七十年代有过轰轰烈烈的去学校化运动，带头人是思想家伊万·伊里奇（Ivan Illich）。其追随者中有技术哲学家卡尔·米切姆（Carl Mitcham）。米先生和我谈了伊里奇的不少逸事。伊里奇通晓多门外语，在世界各地游走，尤其是在南美地区走街串巷，非常了解知识在大校之前是如何传播的。在他看来，原先以小社群为知识生产和传承单位的教育模式近来被专业教育取代。教师需要专门获得教师资格证，学生学完要发毕业证和学位证，以此作为谋取职位的准入证。没受过这种教育或对这种教育有所排异的人被边缘化，被社会抛弃。他们自己也开始自轻自贱起来。

这样一来，上过大学成了过上好生活的准入资格证。掌握现代知识套路的精英垄断了意义，成了好生活的分配者。他们说一套教育黑话，整天谈论教学大纲、培养方案、学科交叉、人格养成、就业培训，在课堂上谈论递归、黑洞、微丝、实体以及存在，跟念咒语似的令一部分人沉沦到了阴暗的角落。伊里奇想要打破这种对教育工具/技术的垄断，试图回归并重构一种非现代的小规模学校，回归作为一个附近场所的学校。他的构想最终没能实现，但他的启发始终是有活力的。其实现在也有不少独立办校的情况。我身边有一些南京大学的家长正在试图轮流给孩子们上课。前几天和一位传播学老师吃饭，他就在专门跟踪秦岭脚下的一个独立办学的小学校。在北京，这样的努力其实并不少见。这些尝试尚有一定空间，正在野蛮生长。一个独立办学的学校的招生简章里写：

"把教育和生命关联起来，而不是积累抽象的知识，只有当毕业的学生在以后的生命中，借由强大的思考、情感、意志回归本性、圆满心魂时，学校才算完成教育的任务。"

这段话，摘掉其中有关灵性修养，例如"圆满心魂"这样的话，看起来还挺有道理的。

第九章　巫与医：体验治疗

焦虑

我小时候特别讨厌去医院，去医院就可能要吊水，要不就打针。一闻到医院消毒水味就会很紧张。家母为了缓解我的恐惧，习惯性地在看完病后给我买一个猪蹄啃，她胃口一直很好，以己度人，觉得猪蹄算是个补偿。在打针和猪蹄的双重变奏下，我有一个非常不健康的心理，一遇到紧张的事情，就要通过吃猪蹄来缓解。随着年龄的增长，我眼见自己滑向一个恶性循环。生病，吃肉，肉吃多了更容易生病，治病要吃更多的肉来补偿。正在我试图抵抗恶性循环的时候,情况发生了变化:三十五岁过后,一生病就吃不下饭。

医院是一项非常特殊的人造物,和学校一样,它经常令人沮丧。就医最直接的焦虑来自症状,它实际上和医院不大相关。但因为症状持续很久,除了疾病带来的不适感,还产生了很多不确定性,不知道这个症状是什么病导致的,严不严重。现代人基本丧失了对疾病的自我理解能力,一旦出现症状,疾病就变成了一个专业问题,要去找专家来解决。专家要凭借其各种艰深知识、多年积累的经验以及各种高精尖的设备才能够去了解疾病。对普通人来说,不仅是症状产生了很多苦闷,症状带来的不确定性,自己对症状的无知和无力,会让人尤其沮丧。这种情绪接下来会迁移给医院。

对疾病不确定性的焦虑在中国人身上表现得特别重,是因为我们通常特别重视人际关系,首先把自己看作一个孩子的父亲,一个父亲的孩子,一个妻子的丈夫，或者一个丈夫的妻子，甚至是一个单位的员工。生病了就意味着没法继续承担这些角色，因此还要怪罪自己。尤其是当病发生在特定的器官上，比如说肾和肺部，就会立刻检讨自己没有按照好习惯去生活。疾病不仅带来了身体上的痛苦，还带来了精神上的耻感，每种病都被当成了梅毒，最终指向一种个人品德的缺陷。相比自己对症状的焦虑，和医院直接相关的焦虑更富有思想性，大概有以下几种情况。

看病贵

经常上网，常感觉在许多网友眼中，中国是世界上看病最贵的地方，医院是"新三座大山"中的一座。参考欧美医疗，其实中国整体医疗成本并不是特别高，主要也是看有没有医保；加入新农合，也能显著提高个人的健康水平。尽管有些药效方面的争议，但一些慢性病药集采以后价格的确变得十分便宜，就算在网上买也不太贵。上大机器的费用也比较低，做个CT几百块钱，只要不是热门医院，还都能约得上，这是美国人无法想象的。我筛窦有毛病，坐长途飞机特别痛苦。一次下了飞机，耳膜几乎穿孔了。马上约了医生。这位荷兰家庭医生漫不经心地看着我，严词拒绝了去医院照核磁的要求。我其实挺愤懑的，也想把他往歧视中国人这方面靠，以便让他显得特别可耻。但后来耳朵也确实没啥问题，医生见过的人太多了，要不要去医院他/她有信心的。国内有些大夫早些年不是特别诚恳，有让人上机器挣钱的嫌疑。但现在三甲医院的大夫都争着劝人别折腾。倒是患者会要求主动上机器，主要是因为价格不太贵。

去医院看病的历史其实很短，而且贫富差距特别影响寻求医疗救治。美国穷人和非裔美国人在二十世纪六十年代很少去医院。五六十年代生人，尤其是在乡下生活的中国人，很少看病，不少人一辈子没看过医生。众所周知,动物世界没有医生,可见人不是天生需要看病。上世纪六七十年代乡里有了赤脚医生,一个村里有时候不止一个。这些医生就是农民,忙时干活,闲时看病,或白天干活,晚上看病。当时也没有什么行医执照,就是经过简单的培训,就可以抓药了。

城里看病要挂号,几毛钱挂个大号,医生什么病都能看。直到1977年,北京市卫生局才开始分科室,分就诊对象挂号。现在看病挂号太细致,患者经常不知道挂什么科,每次看病都有受辱感。在美国看病,你打电话和医生预约一下,按时到地方,稍微等待一会儿就能看上。没那么多人,也就不用站在那儿排队。这个医生再决定你要不要去看专家。专家就不是一般的 doctor 了,他/她有专门的称呼。眼科的是 ophthalmologist,耳科的是 otologist,足病方面的是 podiatrist……现代医学把人拆散了,分得特别细,显得十分强迫。

相比之下，七八十年代，中国农村开药是很粗线条的，基本上就是给大量的抗生素，比如说常用的土霉素、四环素，再拿一个小纸片给你包起来，上面画上一天吃几次，一次吃几片。这些抗生素，当时就已经能够解决掉大部分的问题了，尤其对于农村高发的一些肠道类型的疾病效果出奇地好。真遇到糖尿病、癌症这种病，可能试试挂水，剩下的交给命运。彼时人的自我觉知不高，比较能接受死亡。严格讲，当时只有治疗，没有诊断，病看起来种类很少，甚至让人产生很少有癌症的幻觉。

用现在的标准来衡量，赤脚医生行医实在太粗糙了，但这些人其实有点像西方的家庭医生，他能帮助直接解决掉大部分问题。韩启德先生时常提起他当"赤脚医生"的经历，讲怎么用一味药悬壶济世，谈吐间颇为怀念过去的岁月。想必那时候也不是纯粹的瞎忙活，的确在帮助群众解决问题，并因此有获得感。那时候医患关系和现在差别很大，大夫和患者通常都比较熟悉，大夫自觉不自觉地根据这种熟悉性去理解病患的症状，然后抓药先试试看，不好再调调看，聊聊看。一来二去很多次，看病深得实用主义哲学精髓。

现在没有赤脚医生，不舒服就要去看专家，过度检查就不算便宜了。不过，真正贵的部分主要集中在临终观护阶段。医疗化死亡是很贵的。海德·瓦莱奇在《现代死亡》一书中系统地讨论了现代死亡作为一种医疗体验是怎么发生的。他指出，二十世纪的前25年，在家中死亡仍然是首选方案。1912年，虽然波士顿的医院数量位居全美第一，但大概2/3的市民依然选择在家中离世。现在情况变化很大，美国当下经济条件较好的人在家里和疗养院过世的比较多，反倒是贫困的人才会死在医院里。贫困人口平时很少关注健康，都是被紧急拉到医院的。条件好的人很早就开始管理健康，死亡是迂缓的，他们在家人和鲜花环簇中闭眼。

相反的是，中国农村的老人，不少还是死在自己的家里，不是在医院，干部——再不济也得是个城镇职工——才有死在医院的机会。去医疗化的死亡是很便宜的，大部分都能承受。农村老头经常生前就打好了棺材，停在堂屋里。逢人谈论棺材的木料，夸夸孝子贤孙。兴致特别高的，还会自己跳进去试试尺寸。这几年网络发达，还能看到老人坐棺材里演习葬礼的情况。这种态度对年轻人来说可能特别陌生，觉得很不可思议，一想到自己的爷爷的死亡，都感觉痛心疾首。用年轻的身体去想象死亡，肯定会生出依恋和不舍。但好在苍天仁厚，通过衰老的身体去想象死亡，通常可能是一世安眠。

随着医疗系统的发展，现在越来越多的人把临终老人送到医院，耗资甚巨，造成了用钱续命的感觉。国家的医疗体系/制度造成这样一种误解，起码是不适当的。说这是误解，主要是因为临终救治在发达国家也贵得离谱。不过有些人想得开，干脆就不治了，把生活质量提高一点，做做临终关怀。有些老外对死亡这件事看得不重。一次我在莱顿访友，途中被教堂歌声吸引，放的是海莉·韦斯特娜的《绝不说再见》。进去一看，里面停满了花花绿绿的棺材，上面涂的全是印象派的画，其中有一樽画着梵高的《星夜》的棺材，看着立刻就想躺进去。临终关怀在国内还面临不少挑战，没有全面做起来。面对绝症，需要的不见得是治疗，而是慰藉。

人民大学搞过一次暑期学校，去了北京松年堂。这算是全国最早的临终关怀医院了。有一幕让我很触动。当时有位匈牙利的女学员，正弹着钢琴。院长领着一位 96 岁的老大爷款款起舞。旁边的老人坐在轮椅上，歪着脖子看得挺认真，死神就在旁边静候着。这些人不少到了临终期。临终期指的是从不可逆的丧失身体机能到去世的这个阶段，据说是二百八十几天，碰巧和十月怀胎的时间相等，也算是一个命数了。人生就和班车一样，来去时间差不多。

排队维修

医疗的糟糕体验不只贵，还有排队。看赤脚医生和去乡里的卫生所都不用排队，你去找大夫就行。现在几乎每次看病都要排队。人生病了就容易特别脆弱，他/她需要注意力。治病长期以来是一个照料和关护的内容。在巫医时代，巫术和医学是不分的，一个人生病了，要给他放到神庙里，巫师要对他/她进行仪式化的处理，要去总结这个人是不是有不虔敬的地方，或者是打扰了什么精灵。疾病是一个人综合生活的提示，治疗通常需要病患在巫师的引导下接通神明，主动进行一次精神洗礼，身体的康复被当作这一活动成功的自然结果。这种照料让人理解自己为什么生病，并且感觉到受重视。

当医疗现代化以后，看医生就变成了纯粹被动的治疗。看病的逻辑变得很干瘪，医院就是一个超市，里面提供各种控制症状和维持健康的产品，你可以置换关节、控制血压、管理血糖，甚至调节情绪。医疗就是卖药，所有的大夫原则上都是药店售货员。他/她的诊断和导购本质上是类似的。他/她既不负责制药，也不负责确定药量，甚至也无法确定特定症状的病因，只交给机器来鉴别。即使是比较复杂的手术，他/她也高度依赖进口的工具，手术在高度精细复杂的工具的加持下变得越来越自动化。总之，整个过程既不需要病患主动走入什么精神之旅，也不需要有杰出美德的大夫的操作。医疗就是简单的健康商品买卖。

这种干瘪的消费逻辑让排队变得特别难以忍受，这就和在超市特价活动中排队的老太太一样，要维持良好的心态和体面的尊严感会变得很不容易。一走到医院，就发现得病无法把自己从人群中区分出来，人们总是乌泱乌泱地病。他们有些和我一样痛苦，努力维持表面的平静。有些已经明显忍不住，表情狰狞。有些看起来就比我可怜一万倍。比如一个孑然一身、满身臭味的老太太，如果不是在医院排队的时候看见她，通常会对她抱有一种天然的同情，甚至于想要去给她点补偿，尽管她的不幸并不是由我造成的。但在医院就不同了，排队的时候，这位老太太会变得非常讨厌。她糊里糊涂的，在缴费机旁边一站就是半天，找不到插卡的地方。她还有意无意地插队，用完全听不懂的方言问路。我站在她身后，正在承受筛窦炎导致的剧烈前额疼痛。既然看病就是消费，大家都是来买健康的，为什么她不能快一点呢？排队就是这么败坏人的德性。

在医院里，一群坏了的人还要排队竞争维修。日常生活中的没完没了的高调都在讲生命的神圣和珍贵，金钱、荣誉、权力一旦遭遇生命，都变得不如粪土。但当人的生命岌岌可危的时候，走进医院，他/她立刻看到所有人都有同等"珍贵"的生命，因此陷入排队中去，把彼此的生命当成最直接的竞争对手。而有些人则通过各种渠道，直接加了个号。这让病人迅速完成了从憎恶疾病，到憎恶他人、憎恶特权，再到憎恶自己的无能的情绪流转。这种层次丰富的情绪体验令不少中年人逐渐获得了一种深沉感，他们对这个世界陡然丧失了表达欲，集体从朋友圈消失了。

核磁共振仪

除了排队，另外一种痛苦来自各种检查。现代医疗是一种技术性的治疗，不再需要咒语以及草药，更不需要一套整全的哲学形而上学或者神话叙事来理解疾病。医生和患者之间隔着复杂的设备和装置。比方说核磁共振仪，它长得就像个棺材。人进去之后，感官就被极大地剥夺了，只能听见单调的仪器噪声。医生也不陪着你，只有一个操作员在外面。曾有位姑娘被忘在检查仓，愣是在里面待了三个小时。检查得这么细，估计疾病已经深入到原子结构里面去了！芒福德曾说，"矿坑是人类造成的第一个全无生命的环境"。这句话不准确，矿坑只能算是遭遇，毕竟矿藏早就在那里亿万年，不是人造的。人类制造的全无生命的环境是核磁共振仪。在其中不仅看不到、听不到生命，而且它还消灭了检查对象的生命感。躺在里面，一个活人感觉自己像头死猪。

核磁共振仪的设计简直丧尽天良。小朋友三四岁的时候，手指头上长了一块倒欠皮，都不让大人看，自己要找块创可贴裹着。人对身体的异常有一种天然的耻感，想要掩盖。这种情况在鱼中特别常见，一条迷你鹦鹉鱼如果有了皮肤病，其他的鱼都会来咬。如果它们是在湖里，撕咬会将病鱼驱离，进而防止传染。人类可能也继承了一种本能，要把病征掩盖起来，否则可能遭到排挤。但核磁共振仪直接给你固定上，全方位三百六十度地侦察、暴露你的身体，让人看不到一丝的体贴和在乎。病患在检查过程中非常被动，仪器给出的图像犹如天书，还要交给专门的医生去阐释和解读，自己显得像个傻子。在整个仪器化的就医体验中，患者时常感到被轻视，被侵入，被侮辱。

在没有那么多仪器之前，你去找大夫看病，大夫直接用眼睛检查，拿手摸，唯一的仪器通常是挂在脖子上的听诊器，化验通常是看一下尿的颜色，主要看起不起沫，像检查啤酒质量似的。这种方式谈不上精准，和现代仪器没法比。但是它用最直接的知觉器官来侦察症状，患者始终感觉在和人打交道。大夫看见的病人也能看见，病人和医生能够保持智力上的交流。最关键的是，治疗的核心不是对疾病的精确描述，而是对症状的管理。一个高血压患者在这种语境下就不是任何疾病的患者，他/她只需要少吃盐、多减重，血压能大体控制住，不产生进一步的症状，这个人就是一个健康的人，不是一个慢性病患者。

医与巫

前面提到,古代社会医巫不分。很多"80后"还有过类似的神秘体验。农村小朋友高烧,父母要拿一碗水竖筷子,嘴里不停地祝祷。小孩失了魂,找个神婆过来跳大神,画个符烧干了混水喝。这些都是很典型的萨满巫医实践。不必假设巫师都是掠人钱财的骗子,严肃的巫师自己也是个工具,在癫狂状态中人格解体,讲话做事都成了"神谕"。这种"治疗"和现代技术治疗差距很大。在很长一段时间里,巫术实际上是治疗活动的诠释部分。人为什么需要治疗,治疗为什么成功,为什么失败,我们应该以什么样的心态去接受疗效,实际上都是需要解释的。这个解释是整全性的,要把症状嵌入人的全部生活世界中进行理解。

现在医学就不同了,它似乎不关心人的全部生活世界,认为这和疾病是无关的。它把那些仪器可以刻画、药物可以直接作用的症状才当成疾病。从头到尾，现代医学的兴趣似乎在疾病本身。有些大夫因为发现一种罕见病激动不已，这和棺材铺老板喜欢瘟年差不多。即使是治疗，大夫的兴趣也时常集中在药物和手术工具的效用性自身，而因此带来的患者的痊愈反倒成了枝节性的。

"现代医学的本质是救死扶伤"是存疑的。虽然医学院学生还要去读古希腊的希波克拉底誓词（这个简短誓词的核心是医生当以为病人谋幸福为唯一目的），但学生们大都遗失了这个誓言的语境，常把它当作一种粗浅的常识，或者伦理高调来背诵。尽管希波克拉底首次将疾病和神的惩罚分开，试图找到疾病发生的自然原因，但是他绝不可能是一个无神论者，更不具备现代生化学家的心灵。希波克拉底誓言的第一句是：

"我以医神阿波罗和手术之神埃斯库拉庇斯为证，也以健康女神海吉亚和万灵草为证，并召唤诸神作为见证,我将全力以赴并按照自己的判断遵守这份誓言。"

可见对希波克拉底而言,这段话是"誓言",不是高调。誓言是诸神见证的,说了不算是要有报应的。对现代的医学生来说,无论是阿波罗还是海吉亚都是不存在的,这段话干脆就从很多书里删掉了。

阅读医学史,我时常感到西方医学泰斗的科学兴趣要大过救人的热忱。比如被称为"医圣"的盖仑,他的作品《论解剖过程》《论身体各部器官功能》都表现出对人体强迫性的兴趣。他解剖了不少无尾猴,因为太像人,后来转而解剖猪。他很想解剖人,但却没有许可,但应该也还是解剖了。他还鼓励自己的学生多了解角斗士的尸体。他这种对身体本身而非疾病的兴趣反映在其作品的题目中。他有篇文章叫"That the Best Physician Is Also a Philosopher"(《好医生就是好哲人》)。在这篇小文中,盖仑指出,要追随希波克拉底做一名合格的医生,需先学天文学和几何学,这是学医的先修课。天文、几何与学医看似毫不相关，这两门学问都是典型的哲学模版，事关永恒超越的知识。盖仑也把医学看成这样一种普遍性知识。医生本应对治疗具体的病症感兴趣，哲人才对普遍的知识感兴趣。这两种身份在盖仑那里却是统一的。

作为盖仑的同时代人，张仲景的《伤寒杂病论》就大异其趣。张仲景的写法是上来讲点阴阳大论，然后就标识病症，做疾病分类。围绕病症给出一个整全的阐释，进而辨证施治，细致到怎么煎药，怎么催泄。汗、吐、下、和、温、清、消、补等八法具备，趣味始终在治病救人上。张的阴阳五行理论，显得牵强附会。对一个现代人来说，阴阳大论堪比相声贯口，听起来一套一套的。在实践中，不少老龄朋友特别爱听这种医学贯口。只要听进去了，就能帮助解释病痛的原因，这使得病人获得了一种效能感，认为通过调节生活习惯，使之匹配宇宙节律，就能因此痊愈，据此增加了信心，实现了自我管理。治病的道理是假的，但相信了假道理，却有真疗效，足证医学本身超出了科学的范畴。

中医背景下的积极病患和现代医学下的被动病患差别显著，再加上中医的视角相较于西医，的确更加关注治病救人而非科学兴趣，因此时常让人感到医疗的温暖、医生的可亲。如果现代医生的全部兴趣都是知识兴趣，侧重搞清治病的科学道理而忽视了关怀与照料，遇到难沟通的病患，还要奢望她有科学素养，并因此将没有的人当作笨蛋来呵斥，这位医生可能是看不起自己的大夫身份，非要去冒充生化学家。

第三部分

第十章　手机与现实生产

大哥大

千禧一代生活在一个特别的时代，出生之前，这个世界上就已经有了手机。不仅如此，手机已经成为人们的日常用品。据说他们模拟打电话的姿势，已经从用手比六，发展成了以掌摸脸。这是因为通信设备的形状发生了大变迁。他们可能不太理解没有手机之前世界是什么样的。好在手机的诞生时间不太早，追忆起来不太麻烦。

1888年，赫兹用实验证实了电磁波的存在。其后，无线电波通信技术逐渐在军方内使用。1973年，美国人马丁·库帕发明了第一台手提电话。一开始，这个年轻人想加入贝尔实验室。不过库帕年资尚浅，贝尔实验室无线电团队的负责人尤尔·恩格尔没看上他。库帕后来加入了摩托罗拉公司，经过多年的卧薪尝胆，发明了手机。成功之后，他的第一个电话就是打给恩格尔，据说这位主管在听了他的声音之后，陷入了长时间的沉默。这个段子说明手机一开始就带有某种权力特征，有了它就能实现权力倒转，获得控制未来的能力。

中国人最早接触的手机就是摩托罗拉公司生产的。八十年代，手机（型号大概是 Moto 3200）最早定价约 2 万人民币。1985 年国内职工年平均工资才 1000 出头，拿死工资的人是买不上手机的。但彼时中国早已改革开放多年，体制外的生活日渐繁荣，一些时代的弄潮儿实际上已经很有购买力了。据《人民邮电报》报道，1987 年，一个叫徐峰的商人豪掷 2 万元买了第一部手机，还交了 6000 元的入网费。这是什么概念？1987年全国平均房价是400多块钱，北京大概要贵100多块钱，2.6万元能买个小两居。现在回头看，用这笔钱买手机可能会觉得不太值，买房的肯定赚了，手机早就淘汰了，在当时除了显摆能有啥用呢？又不是没有固定电话。

这么想就狭隘了。普通人对信息的理解是非常粗线条的。打过仗的都知道信息的重要性，无线电、雷达通常是制胜法宝。商场如战场，逻辑是差不多的。徐峰因为有了手机可以随时和港台商人联系，他的餐饮生意因此做得风生水起，如今成了广州餐饮业的标杆企业。手机就是当时的流量密码，有了它，所有的注意力才能投射到徐峰身上。吃东西这件事，一半是口味，一半是社交。大家都知道的店，口味自动加上十分。

徐峰是比较早注意到信息是一种权力的精明人士。总结起来，这一权力反映在两方面：一来手机可以提供一些稀缺的信息内容，帮助及时了解价格差、货物的新鲜和稀缺程度，沟通各种具体事宜；二来在信息稀缺的年代，手机本身成为一个广告平台。有手机的人成了能够随时沟通的人。在茫茫人海中，手机成了高耸的灯塔，一眼就能看见。这种双重能量的加持，确保了一个人的成功和显赫。

正因如此，早先手机有一个霸蛮的名字，"大哥大"。据说"大哥大"最早是因为洪金宝的使用而流传开的。洪金宝的父亲是华南电影厂厂长洪仲豪，他自己出道早，在香港武行圈子里辈分高，成龙也得叫他大哥。洪金宝早期做导演拍戏，方方面面需要调动的资源很多，就买了个手机方便联系。洪食量惊人，"心广体胖"，再加上早期手机的样子像块砖头，"大哥大"就这样被叫开了。

大哥大进入内地后，当然也只有财大气粗的人才能买得起，它的象征性甚至要超过使用功能。中国内地早期电信基础设施并不是特别完善，大哥大信号很差，不能确保每次都能接通。但是只要它出场，就能产生相当的震撼力。在我极其稀薄的印象中，有一个叔叔在上海做码头生意。他回老家，屁兜儿里面就会别一部大哥大。大哥大的厚度和高耸的天线具备很强的视觉冲击力，牛仔裤的前兜是装不下的。大哥大显得鼓鼓囊囊，它的价格就相当于同等厚度的钞票。屁兜儿揣着大哥大证明了持有者的实力，但盯着别人的屁股看是危险的。可这两者却奇妙地融合到了一起，让一些适婚少女面对款爷产生了复杂情感。一部分心想：大哥是危险的，但大哥是有实力的！另一部分心想：大哥是有实力的，但大哥是危险的！

改革开放以来，中国人形成了不少共识，其中最突出的是改善物质生活条件。中国人常常通过物来丈量生活质量。不少人理解的现代化就是"楼上楼下，电灯电话"，而现代化的生活就是好生活，这条逻辑线条清晰，令人振奋。照此标准，我们早就实现现代化了。虽然"楼上楼下"在城市里较难实现，但城里的住房比农村自建房舒适多了。电灯、电话早就普及，家里甚至还有冰箱、彩电，乃至于小汽车，过得简直像个资产阶级。按理说幸福生活已经达成，剩下的仅仅是反刍人生、忆苦思甜了。可是现实不尽如人意，很多人并没有觉得特别幸福，有时候甚至还会觉得非常不幸，以至于患了怀旧病，觉得以前日子过得更充实。在人所发明的行为中，怀旧是最不用负责任的，因为根本不可能回到过去。我对老一辈想要回到过去的企图从未当真，虽然没有太多的科学证据，但我大概确信，如果真有时光机器能一键回到过去，他们多半不吱声。"想回去"和"真回去"是两码事。怀旧的真正价值在于提示我们，手机/电话以及其背后的现代化承诺，还不够让我们获得持久的幸福。

来自"庞然大物"的威胁

一想到手机，一个普通印象是手机是一个非常小巧的装置。近二十多年来，手机的样子越来越小，功能越来越多，现在很多的手表和眼镜都有通话功能，算是个小手机。至于未来，不少科幻作品渴望做好脑机接口，把芯片直接植入大脑，透过脑电波进行直接交流，手机变成了电子人的一项基本能力。手机之所以被看成一个小设备，可能是因为人是总活在时间切片中的动物，视角是高度受限的。人一眼所见，只有当下的东西，很难历史地查看，后者需要理智训练以及证据支持。要历史地看，就要把时间的碎片缝合起来，看出一个东西的发展和生成，这是一种有关存在的观察。

历史地看待手机，就会发现它实际上是一个庞然大物。手机作为一个拿在手里的终端不过是它庞大身躯的一个触角。手机要成为可能，有一系列前置条件需要满足。现在，全球有约500条海底光缆，贯通各大洲。截至2021年底，我国共建成并开通142.5万座5G基站，更别提那些隐藏在深山和沙漠中庞大的数据中心。据统计，全世界总电量的约10%都被数据中心消耗掉了。可见所谓小巧的手机，如果能历史地观察，实则是一个庞然大物。这个庞然大物已经降临到世界上，每天还在迅速长大、膨胀，越来越多的人在使用智能手机。

最近几年，国际学界不少热心学者在倡议将互联网接入理解为基本人权，这一诉求在疫情期间显得尤为诚恳。疫情期间，没有手机网络的人原则上是不存在的，寸步难行。人类似乎已经完全接受了手机这一庞大机器的降临。随着孩子的成长和自己不可救药的衰老，我现在车速超过80都会抓紧扶手，连带秒针的钟表都不买。任何飞奔的东西都令我感到恐惧，看到手机发展得如此迅速，被接纳得如此畅快，我经常感到心理不适，认为这是一种反常的现象。

人的接受性一般是迟滞的。日常生活中，家里添置一件几百块钱的家具，饭桌上多添一两样食材，我们通常都会做做反思，显得有点犹豫。但对手机这样一个巨大的机器，我们却很少有迟疑。几乎每个人都渴望买新手机，都渴望接入更快的网络、让摄像头像素更高。这导致很多手机的价格早已超过电脑，也大大超过了日常生活中的很多家用电器。

几十年来，家电的价格一直在下降。空调、电视和冰箱都已经降至2000元内，可一台手机可以卖到1万块，某国产手机品牌的特定型号则高达两万块，这笔钱可以配齐全屋家电。手机这么贵，很少有人觉得这是一件很奇怪的事情。一种解释说手机用得最为频繁，其他电器反倒是用得少些，所以价格高也能接受。这是一个典型的鸡与蛋的问题，真正的逻辑可能是，因为你认为它重要，所以用得频繁，这导致了高价。的确有一小撮人，例如一些固执的老教授和虔诚的避世者，觉得手机一点也不重要，继而用手机的频率也谈不上频繁，他们中有不少人仍然在坚持用GSM网络手机（全球通手机，一般指非智能手机）。

对大多数人来说，问题不是接不接受手机这台庞大机器，多数人不仅接受而且面临手机成瘾。我们都能感到手机占用了太多时间，这些时间本来可以做更有意义的事。作为一个平庸的教师，人生志气差不多要被岁月磨平，我有段时间就特别沉迷刷短视频，这大大压缩了睡眠时间。手机蓝光很不利于人的睡眠，但深度睡眠恰恰又集中在夜间 12:00 到 2:00 这个阶段。

戒手机是一个系统工程。我想过通过看书来戒除手机。看书通常会让人昏昏欲睡，可在床上看书必须坐着看，没法躺着看。书还需要两只手来展开，这就必然要求你保持坐姿。另外，你还需要灯光才能看书。我的体验是，看书确实可以提前睡着，但读书需要有灯光。就在你看书打瞌睡的时候，突然发现还需要起身关灯，顿时睡意全无。这让读书完全无法取代手机。

和图书相比，手机作为一种信息和沟通设备，自动化程度高得多。手机不再依赖于特定的时间、特定的光线、特定的场合就可以提供大量服务。你可以在线和人聊天，你可以看别人说话，目睹别人吃饭，整个世界就在方寸之间。这样一种彻底的自动化让人陷入一种无休止的体验之中。和音乐一样，人需要休止符。有时候，只有停下使用手机，才能注意到它和其他物的关系，才能将它看作一个要素进行审查，手机一直在努力克服这种休止。当下手机已经可实现200W快充，从电量0%充电到100%仅用十分钟。留给人类喘口气儿的时间已经不到一刻钟。

形而上学快乐机

以前我们认为科技是现代生活的象征，它能够提供一些便利性。手机最直接的好处是原来联系不上的人，现在一个电话就能联系上。但我们只重视手机功能，没能追问功能得以实现的前提，以及要实现功能的目的是什么。现在，慢慢有很多人开始理解手机技术成立的前提是一种集中控制逻辑。这一逻辑原来只在工厂内有，现在走进了日常生活中。现代社会中，手机变成了身份证，动不动还要朝人展示，变得不可逃离。

技术哲学家唐·伊德在《技术后现象学》中提出了"多重稳定性"的概念。这一概念指出技术被使用时常常超出它的预定功能。电话本来是用来通信的，telephone 中的 tele 指的就是远程的，phone 就是声音，telephone 就是远程传递声音。可见人们对电话的功能期待就是通话。早期手机还符合这一期许，现在它早就不是通信工具，手机实际上是一种平行世界生产机，使得日常生活中的大部分内容都被数字化了。在这个过程里，我们当然获得了一定的便利性，但是在传统社会中，现实生活总是要求我们的身体做物理性的移动和参与。手机的逻辑却让我们认同虚拟现实比物理现实更加真实。物理诸要素、各种身体性的互动被认为是一种限制，需要立即割除。

"操劳"和"辛苦"，是日常生活的重要构成性要素。就身体的操劳于生活的必要性而言，美国技术哲学家阿尔伯特·伯格曼用暖气和壁炉的例子做了很好的说明。现代人过冬，通常用手机交取暖费，交完钱就能温暖地过冬，一度让家里的小朋友误以为是手机吹出了暖风。在有暖气之前，人通常要劈柴烧火，燃炭取暖。

伯格曼认为暖气和壁炉的区别很大。壁炉吃木头，你要自己去伐木、去皮、劈砍，去堆垒、晾干，前前后后一通折腾，去喂养这个壁炉，这个过程不见得轻松，要花时间，出体力。忙完大汗淋漓，然后你冲个澡，把壁炉引燃。外面大雪漫天，你炉前小酌。媳妇在壁炉前给孩子读故事，家猫在炉边打盹儿，一家人既取暖，也观火，其乐融融。窗外纷飞的大雪构成了温暖感的重要组成成分。一边观火，一边观雪，寒冷更加寒冷，温暖则更加温暖。

虽然壁炉是一个物，但是围绕这个物件组织起来了一系列的事情。这些事儿构成了我们真实的生活。这个生活最为显著的特点在于它是身体性的、关系性的、沉浸其中的。围绕这个壁炉，很多意义被生产出来。你去森林里挑选一棵适当的树，察看它的树龄、品种、枝叶。你要前往幽深之处捕获食物，用来喂养壁炉。壁炉的温暖是你的生命能量的一个伟大象征。你的妻子、孩子，乃至于家猫，都在享用你提供的能量。

反观暖气，从功能上来说，它也是壁炉，都是取暖的工具。暖气的最高级形式是地暖。它时刻提供热量，但拒斥你对它的凝视。和观火壁炉不同，不存在一家人坐在地上感受地暖的情况。既然没有这种情境，也就没有一家人围绕壁炉所建构起来的那种丰富的存在处境。在有地暖的家里，你坐在客厅刷手机，你爱人在房里哄孩子，家猫蹲在窗口发呆。外面的大雪纷飞也变得单调，因为它不再是构成温暖的一个成分，堕落成一种天气现象。

手机正是地暖一样的装置,甚至可以说,手机正在使得人的整个生活世界地暖化,均不再需要操心和辛劳。现在,恨不得所有的东西都通过手机来获得,就在弹指之间。做饭、手工、远足等活动都被认为是一种麻烦,甚至被当作愚蠢的。既然可以用手机点外卖、买东西、看风景,何必傻了吧唧地搞得那么辛苦呢?这种贫乏透过手机的转译被看作一种便利。

手机是一个形而上学机器,它正在且时刻在生产一种世界图景。在这一图景中,只有最为直接的欲望是有意义的,而与欲望实现相关的一切操劳和繁难都是负担。这导致了一个重要的心灵变化:人们对虚拟的现实越来越宽容,而对当下的现实越来越苛刻。手机上的各种应用不断提供海量滤镜,将经过各种技术/权力场扭曲过的景象系统地提供给普通用户。

虚拟现实蜂拥而至,而当下的现实因为受到时空限制,只能片段式地、小范围地生成与供应。虚拟现实在量和强度上,都远远压倒了真切的现实。以至于在有些人的精神世界里,出现了某种倒错,认为虚拟的现实要比当下的现实更加真实。这使得有些人陷入了广泛的焦虑,出现了各种功能失调。就比方说我自己吧,小红书刷久了,就觉得要四十岁之前实现财富自由。现在实现了四十岁之前……

相对于虚拟现实来说,当下的现实究竟有什么值得珍视的呢?政治哲学家罗伯特·诺齐克曾经提过一个快乐机器的假想实验,这一实验近来又被心灵哲学家查莫斯做了不少改进。假如有一台快乐机器,当你接入后,就可以自此充实且幸福地生活在虚拟世界中,请问你愿意接入吗?在我看来,手机就是这样一部快乐机器的 1.0 版本,随着科学技术的不断发展,这台体验机器会逐渐变得完美。

如果你问我是否接入,我的答案是"不"。我常感在短暂且残缺的现实之中有一些非常坚硬的东西,它不一定给我带来快乐,甚至会经常带来痛苦,但是你只要丢开它,就会感觉自己背叛了什么。这种直觉或许是一种偏见,至今我也没能把它的机理充分想清楚……

第十一章　微信与分享的俗化

电子镣铐

近来我对网络应用的反感日益增强。"80后""90后"上大学的时候，排大队办理短信套餐，以便实现"我的地盘我做主"。在打电话双向付费的年代，短信套餐是恋爱得以可能的前提。现在短信已被微信取代，又因为筛窦炎很少长途旅行，我也就很少有东西分享。近来发现自己的表达欲下降得也很厉害。以前经常察觉社会不公、人心不古，很想针砭时弊，是一名愤怒的青年。现在年纪大了，对世界以理解为主。朋友圈偶尔发发大江大河，微信变得意义不大。

有段时间,微信让人痛苦,我巨大的理解能力都差点不够安慰自己。疫情期间,每天要向学校报到,要通过微信打卡,提供地址。微信成了电子镣铐,24小时拴着你。疫情过去之后,情况并未好转,大家都在拼命花钱办会,通过微信大肆张罗。这对我这种居家型男人来说特别难。家里养了两个孩子、两缸热带鱼、一缸水晶虾,还有一墙植物景观,每次出差都要交代大半天。四五月份天气好,会议多,正赶上金鱼追尾季,雄鱼日夜追着雌鱼屁股跑,缸里水花四溅。开高端思想研讨会中间特别担心雌鱼憋卵,在会场会突然陷入沉思,被不了解的人认为是具有显著的哲学气质。

哲学圈有人特别热衷在周末开会,据观察,张罗开会的通常是五十岁左右的中老年油腻男人。他们夫妻关系紧张,子女在外念书,孑然一身,借着开会来寻求膜拜,以补充稀薄的睾酮,为人生助力。"80后""90后"一般不凑这个热闹,但也有少数极富理论自信的青年学人，大摆道场表演智力杂技。如果不是为了求偶或完成任务，这种表演凸显心灵深处的空虚和无聊，以及显而易见的自恋。在自然界中，孔雀只有发情的时候开屏，而有些人的头脑持续处于发情状态，到处呼朋引伴，渴望在别人的心灵中繁殖思想。相比之下，倒是医生们做得不错，他们从不在周末开会，周末不是陪家人，就是飞出去挣钱。

微信恐音症

微信不仅改变了我们的生活，还在改变个性。尤其是对年轻一代而言，大家都患上了一种奇怪的恐音症。和狂犬病类似，患者们都不愿意听到别人的声音，一听到语音就感觉焦虑，就要搓手。在不久以前，人和人见面通常还要打个招呼，通过声音传达信息，交流基本上是以声音为媒介的。在我小的时候，公厕里的交流声是此起彼伏的。人们面对窘迫和肮脏的环境也从未放弃用语音交流思想，排便的声音不曾让人畏怯。那时候中国人可以光明正大地一边排泄，一边聊天，但没有像有些网友那样搞不清它们的区别。

"80后""90后"上大学的时候，短信逐渐崛起取代了电话。通话变得越来越正式，只有重要的事情才会打电话，不重要的事情则通过短信解决。结果导致人们逐渐开始避免交谈。发短信不期待对方立刻回复，收到短信后也有更多的时间去构思回复。打电话要求双方在同一时间点做出回应，因为没有太多时间去思考和准备措辞，对话会更加真诚。大量使用短信沟通，大概是从2003年左右开始出现的一种新情况，现在的人明显对语音的畏怯更严重了，在微信上给别人发一段语音，对方可能会受到冒犯。

恐音症是一种典型的神经衰弱，按理说只有知识分子才容易患，现在是稍微年轻一点的人都有这毛病。我自感这种神经过敏并没有让人变得更有礼貌，微信的可触达性让人们变得十分粗鲁。传递声音本身是一件庄重的事情，打电话的时候，你通常会先问一下对方是否方便接听。在微信中就没这么客气了，可以随时随地给对方丢一条消息。在物理世界里，想和别人说几句话，你需要主动走过去，看看他/她的情况。如果对方正忙着，通常不便打扰。但微信完全不用考虑对方所处的情况。你经常在开会的时候、讲演的时候、集中精力思考和写作的时候收到微信，还会突然被拉入群里，被无数条信息轰炸。

微信一推过去，对方就得看。虽然说是不需要及时回复，但实际上，每个人发信之后，都期望对方能立即回复。如果对方延迟了10分钟、20分钟或者更久才回复，这基本上都是一种无声的拒绝。对方表现出了明显的冷感，不太愿意参与你张罗的这件事，不想与你互动。每个人都这么看，收到微信的人也会感到自己有一种义务，势必要立即回复，否则就会显得自己很不礼貌。这样一来，问询者就掌握了更高的权力，而收信者、阅读者在很大程度上就没有主动权，处于相对弱势的状态。

愚蠢的罪证

微信和短信有很大的区别。短信是一对一的沟通方式，不能同时与多人进行沟通，也不会让其他人看到。微信的沟通总是在被目睹的情况下发生。微信的点赞、朋友圈评论以及群聊中的所有讨论，很多时候都是公开的。换句话说，微信的沟通经常发生在众人目光之下，它将自己伪装成了一个公共空间，创造了一个平行于物理世界的虚拟世界。很多人似乎在这个虚拟世界中互相联系。在物理时空中，我们通常在一个场所里聚在一起，这个场所里发生的事情只有少数人知道，这些人也因为有共同的任务才会走到一块儿去。

微信不同，微信是展示给很多人看的，哪怕与对话毫无关系的人也可能加入围观。这使得微信沟通变得像景观一样。例如在一个有500人的大群里，突然冒出来某个学术圈的八卦，说某位知名青年罗尔斯学者完全不懂罗尔斯。很多人都在旁边围观，你一言我一语，就跟自己特别懂罗尔斯似的。那些谨慎的人则一言不发，但几乎可以肯定的是，他们正躲在后面暗笑，甚至搬好了小板凳，准备看好戏。

纯粹的学术辩论并不适合在朋友圈或群里发表，只适合发表在杂志上。群里的人不可能都是专家，迅捷的沟通也不可能引经据典，过于深入。就好比在街头表演昆剧不如表演耍猴一样。在群里讨论谁究竟懂不懂罗尔斯，在我看来就是一场学术耍猴。人们想要争吵、污蔑、狡黠和快人快语，没有一点和学术有关。微信所带来的观望文化让人显得非常卑劣。我发现，一个群里只要人足够多，就一定会有妖怪，要有人把屁股当脑袋用，处处讲立场不讲道理。

讲到这儿我插播一则新闻。近来杭州动物园的马来熊站起来跟人交流,屁股上出现了几条褶皱,远看像人套了公仔服,不像是真熊,搞得沸沸扬扬。讲这个故事是想说明,一个人年纪大了,不要把屁股当脑袋用。皱纹长在脑门上是恰当的,长到屁股上就没个熊样!

微信不仅放大了愚蠢,还把一切都变得有迹可循,变成了罪证。在日常交谈中,对话很容易损失。对话开始,对话结束,然后在记忆中存留一小会儿,很快就会消失。微信不同,它记录下你写的所有东西。因为文字、图片都只能占据有限的空间,所以所有的东西都有迹可循,都变成了一种证据,存在那里。

当问题发生时,这些记录随时可以作为证据呈堂。这就造成了一种信息胁迫,微信沟通需要深思熟虑。与自然交流相比,每个人在微信上说话都要非常谨慎,这导致有人放弃了微信沟通。对有一定保密性要求的工作来说,微信是不能用的。在疫情期间,不少大学的管理层完全放弃了使用微信群沟通,用回了对讲机。学校领导们不管有多大的官威,也要拿着个对讲机"哇啦哇啦"地讲话,整个学校就有了警匪片的气氛,教师觉得自己像个线人。

分享的俗化

以上提及的,还不算微信对生活的最大的破坏,最大的破坏是对分享本身的解构。对微信的赞美,最常见的话术是称其可以促进分享。微信被称为"社交网络"(social networks),社交网络当然就是为了分享存在的。典型的分享情境就是去一家高档餐厅用餐,然后在网上晒出来,大家纷纷给点赞,这就被称为分享。打卡、点赞、宣传、炫耀,这些都成了分享。

这些活动并不是过去所说的真正的分享,它和分享是不是有关都是可疑的。这种"分享"并没有使人更加友爱，社会更加和谐。当我在网上晒吃了什么，晒孩子获得了什么奖时，很多时候就是为了邀请别人点赞，为了宣传自己，为了炫耀。在学术圈树敌的最快方式就是频繁转发自己的文章。可见，在朋友圈上发布美食、美酒和自我成就，通常容易引发嫉妒。卖惨也不行，会被人认为是"凡尔赛"。总之，分析朋友圈中的交互，健康的心态是少见的。

微信分享并不有利于社会和谐和人的连接，就连"相亲相爱一家人"也难以幸免。我常想炫耀可能并不是真正的分享。按理说，真正的分享是我把自己的一部分给你，但我这份并不会变少，相反还会变得更多的情况。据说萧伯纳讲过，"你有一个苹果，我有一个苹果，我们彼此交换，每人还是一个苹果；你有一种思想，我有一种思想，我们彼此交换，每人可拥有两种思想"，可见，思想因分享而繁盛，分享是增加，不是减少。

分享的本义是切割、舍弃。它不是让你去羡慕我，而是将我的一部分东西分享给你，从而在分享中获得，形成稳固的人际关系和社群感，继而获得更多。换句话说，分享的本质是"在一起"。希伯来大学传播系学者尼古拉斯·约翰（Nicholas John）写了一本关于分享的书叫《分享时代》（*The Age of Sharing*），在书中追溯了分享的历史。据他所述，早在1922年，牛津就有一个福音派小团契，成员们在团契中互相分享，后来就有了各种各样的问题小组。比如我有酗酒问题，在普通的人群中无法与别人分享，他们没有我这样的问题，他们只喝酒，不酗酒，很难理解我的苦闷。但我可以在社会上找到一群酒鬼，我们在一起分享体验，获取理解并互相支持。

我曾参加过这样的团契。荷兰某城有个专门的华人教会，最早由一群香港人发起，他们主要做餐馆起家，文化不高，品味不低，讲话穿衣都看着挺体面的。刚到荷兰，我经常跑去这个教会吃饭，那个地方有点类似公社食堂，吃饭不要钱，而且味道很好。我在那儿头一次吃到潮汕盆菜。鲍鱼大虾，鸡鸭猪肉，香菇萝卜，一层叠一层，吃一层露一层，层层惊喜，食材众多而滋味不窜，互相映衬烘托出醇厚的口感。这种东西和东北乱炖以及胡适一品锅原则上一样，但滋味上差距很大，盆菜的味道还是要高出不少。北京吃盆菜的地方也不太多，还没有推广开来，需要过年特地去酒楼里定。一想起国外，我最惦记的就是荷兰的潮汕味道。

除了吃饭，我加入了一个名为"小羊牧场"的团契。里面各色人都有，东北人、上海人，还有一些西北人。大家都在"上帝"面前分享自己的问题。我记得有一个女生得了重病，但她不愿意说具体是什么病，我能感觉到她的问题非常严重，现在看来她可能患有中重度的抑郁症，头脑时常下线。海外生活常被巨大的孤独笼罩，心理问题十分常见。大家都是因为各种问题来到小羊牧场的，纯为了吃的人是绝对少数。这位女生和我们分享了不少她的心理世界。实话讲，头几次分享我觉得非常尴尬，我乐意听别人的苦恼，并且善于宽慰别人，但要我说出自己的问题和挣扎，就和当众大小便一样难以执行。

从小羊牧场的经验看，分享之所以能够发生，一个重要的前提是人与人必须找到一个更崇高的对象，在这个对象下联系起来。例如男女在父母面前联系起来，就会导致婚姻，人民在国王面前联系起来，就会导致国家，这都是分享的结果。在基督教团契中，分享并不是为了自我吹嘘和满足虚荣心，而是在上帝面前，真诚接纳自己作为罪人的身份，并在罪性和救赎的双重变奏中，建立一个伦理社群。有很多东西可以把人联系起来，例如同情可能造成施舍，暴力可能造成臣服，德行可能带来尊重，但是这些联系都不是分享。分享不仅是给予和支配，分享是在一个超越性的对象和背景中，从根本上认识到人和人之间的纯粹连接性。

我最终还是离开了教会，因为后来他们就不订盆菜了，更重要的原因是当读书进入特别关键时期，我开始变得更有批判性，看谁都有点不顺眼。直接导致我离开的是一次辩论。小羊牧场组织了一次事关安乐死的辩论赛，我跃跃欲试，觉得胜券在握。从小到大，我向来以口齿伶俐而著称，并且因此没结交什么好朋友。牧师本人是终极大裁判，在我方具有明显理智优势的情况下，他引用《圣经》谈到了生命主权在神，并宣布反方获胜。从那开始，我对这种新华字典式的信仰活动就不再抱有兴趣。一切标准已经写在书里了，查一查就知道，何苦要用论辩来羞辱自己呢？

根据以上对分享的理解，可知真正的分享活动在社交媒体时代并不存在。微信并没有帮助我们建立真正的分享，它没有涉及超越性的对象，更没有在这种对象下的连接。在我们当下的语境中，一个仍具分享意义的活动可能是春节。春节作为一家人团聚的时刻，具有超越性和公共性。它不仅仅是家庭成员的聚集，而且指向整个家族的延续。春节作为一种聚集与祭祀紧密相关。大家会去祭祖，全家人在一起分享食物、故事、辛酸和喜悦，这一切都在祖先之灵的照看下展开。因此，这里有真正的分享，它指向了神圣的连接。不过这些年情况发生了挺大的变化，年俗逐渐淡了。人们见面只聊车房和结婚生娃的情况，话题集中在挣了多少钱。所有的谈论都挤在此岸，彼岸的话语是零星的。人和人之间没有连接，亲戚之间都成了竞争对手，人人都需要确保在一场没有硝烟的战争中胜出。

工作中的情况更是如此，聪明人将所有的公共事务和超越性的聚集私人化，将其当成个人成就问题来谋划。例如，一个野心勃勃的新任领导，是怎么理解公司/单位的事情呢？他/她不太在乎单位和公司的宏大理想，不认为大家在单位里聚在一起有什么超越性维度。神圣的使命感（天职）对他来说是一种修辞。之所以要搞公司文化，是因为要提升凝聚力，提升凝聚力是为了公司取得更好的成绩，从而使个人获利。他/她从不分享，只搞分配。在这样的组织里，微信带来一种虚假的分享感。人们通过呼朋引伴、互相点赞和彼此吹捧来组织各种活动，让人觉得好像并不缺乏真诚的连接。然而，每个人内心深处所感受到的常是微信所带来的社交负担，而不是分享的愉快。微信并没有让我们"在一起"。它对真正分享的替换，就像杜鹃在喜鹊窝里下了蛋一样，一直在到处，并且可耻地发生着。

第十二章　断舍离与囤积癖

物尽其用

据我观察,我们和父母这代人,对待"物"的方法差距非常大。老人爱囤东西是一个普遍现象。"80后""90后"的父母仍然有囤积癖,非常善于在狭小的空间中大量生产角落。有一次父母回老家,我在打扫房间的时候发现了不少藏匿的塑料袋。才注意到他们每次买完东西,包装的塑料袋很少扔掉,甚至有些外卖的塑料袋都被打包装好。这些东西早就被忘在角落,永远不会再拿起来用。为了保持整洁,我只好定期把屋里的东西扔一部分。到目前为止,哑铃组扔过两次，跑步机扔过三次，这真实地反映了我为减肥付出的纠结。可见，这种囤积状态逐渐蔓延到年轻人身上，每个人都感觉自己的储物空间不够用，收纳变成了一个大学问，甚至很多家庭主妇还要专门学习收纳术。

人的一生究竟需要多少东西？2005年，艺术家宋冬在798做了《物尽其用》展览。这个展览占据的空间非常大，在硕大厅堂中摆放着宋冬母亲赵湘源女士毕生搜罗的各种物件，有的用过，有的还没用。一个人一辈子搜罗的东西其实特别多，场馆里摆着各式各样的盆子，各式各样的水壶，各式各样的褥子、鞋子和衣物。《物尽其用》曾在韩国光州双年展、柏林世界文化宫、英国伦敦的巴比肯中心、悉尼艺术节、纽约MOMA（纽约现代艺术博物馆）、加拿大温哥华美术馆亮相，获得了极大成功。据说有人默默地看着满眼的物件，突然就痛哭流涕。

我当时还在上大学，遗憾没能去现场看。后来，看了不少图片，大概搞清楚了物品的体量。查看图片，人的视角不具备涉身性，不能挪动身体走进物品堆，去移步换景。不过我同时获得了另外一种视角，所有的物体透过广角镜头平展开，作为一个整体被凝固了下来。照片让我看到了一个完整性的东西。那些盆子、衣服、箱包等本来是独立存在的个别物品，此时都嵌入了一个整体当中，打包向外展示着一个普通人的一生。

我的体会是，一个人的一生，似乎就是他/她用过的、正在使用的和从未使用但业已拥有的东西构成的。看到满屋子的东西，虽然没有看到赵湘源本人，但总觉得她像是个故人。后来看采访，知道宋冬有心把所有琐碎的生活物件都搜集起来，最后打包展示。他回忆自己的母亲有一个特殊的癖好，什么都是只进不出，舍不得扔东西。比方说铁线不舍得扔，觉得可以用来做衣架，破衣服更舍不得扔，可以用来做袜子、做补丁，饮料瓶舍不得扔，可以用来做杯子，做花瓶，更可以做成厨房里的调料瓶。

这让生在七十年代的艺术家宋冬非常恼怒，"70后"过日子没有这么"穷气"。宋冬的阳台总是被赵湘源堆满各色物件，眼见着全屋成了垃圾堆。后来，宋冬想到了一个狡猾的办法，半带恐吓地告诉赵湘源厦门的房价，1平方米高达4000块钱。要把4000块钱1平方米的地方变成杂物间，实在是得不偿失的。据说这一手段立竿见影，赵湘源最终停止了往屋里囤东西。

我对父母的囤积行为一度也非常光火，但看到《物尽其用》之后，又莫名其妙地感动。后来我琢磨了一下，一个小小的房间中收纳那么多东西，它必然显得凌乱，物品把大块的空间切割了，势必会出现很多角落。角落会滋生蚊虫、蟑螂，整个房间的气味会变得非常微妙，真实的生活是无法容忍大量囤积的，不卫生也不方便。而当把这些东西分门别类地铺在广阔的空间中时，杂物就不再制造角落，而是有秩序地摆放。这时我获得了另外一个旁观视角，让我觉得一个人的人生居然可以这么多、这么大、这么博杂，同时又这么琐碎和无关紧要。

不过，在赵湘源心中，物品从来没有像艺术品那样被分门别类地归置。盆不会和另外一个盆放在一起，它会和盆架、毛巾，甚至和铁丝（作为潜在的晾衣架）摆在一起。各种东西实际上是透过生活目的关联的，物品各不相同，但都被看成了一个大系统上的小零件。在一个人的生命中，物品不照它的类来分，而照它的用处来分。从用的角度来看，每一个具体的东西都是在一个功能的系统中，它都和其他物质广泛地发生联系。当你走进赵湘源的房间，你看到的绝不会是一件艺术品。《物尽其用》的艺术感受就在于将个人一生所用的物品，摆放成一个沉思的对象，这些生活中常见的东西在展览中立刻陌生了起来。这一使得熟悉物陌生化的努力，使得我们得以端详自己的东西。

断舍离

为了反抗囤积，日本作家山下英子写了一本《断舍离》，成了中年人尤其是中年主妇的枕边书。我第一次看到媳妇读这本书，吓得以为婚姻出现危机。翻开才知道是要抛物不是要抛人。断舍离是一项生活主张，说是要断绝物的进入，舍弃不需要的物，进而远离物以获内心的平静，过上没有烦扰的生活。这个主张居然是从收纳文化特别发达的日本传过来的，或许可以看成对收纳文化的一种彻底的反抗。相较于收纳，断舍离转换了根本视角，认为之所以收不下东西，不是因为箱子不够大，是因为东西太多。

山下英子在《断舍离》中讲过一个故事，我印象特别深刻。说有这么一位女士，她的丈夫很粗鲁，对她不好，所以日夜想要跟丈夫离婚。到了晚上，她突然看到结婚时父母给她陪嫁的衣柜。由于漂亮的和服非常多，一个柜子不够放，父母还特意送来了两个柜子。柜子里的和服她从来都没有拿起来穿过。现今父母相继离世，不禁令人唏嘘。这位愁容满面的女士，端详了这两个柜子良久，最后居然放弃了离婚的想法。在《断舍离》这本书的语境中，如果搬家丢了这两个柜子，这位女士又会做出什么样的决定呢？或许扔了这两个柜子，这位怨妇就可以离开那个卑鄙的男人，过上幸福的生活。

也许，我们的确拥有太多，房子又的确太小，所以需要一些取舍。很多人觉得是"物"造成了自己的痛苦，自己为外物所累。只要把物从生活当中尽量减除，降低到最低状态，少买一些衣服，少买几部手机，就可以获得幸福的人生。还有人认为物背后的资本是造成痛苦的原因。资本家开足马力不停生产，不断用新的物来引诱你。抖音、快手和小红书这三台"虚假需要"制造机，不断地诱导你产生不正当的欲望。这些欲望实现不了的时候，你陷入痛苦，实现时，你陷入空虚。

断舍离看起来是一个相当纯粹的解决方案。主张断舍离的杂志上的经典画面，常常是一间空空如也的白房子，一人身披禅衣，枯坐其中。每次看到这样的图片，我都看不到宁静，我看到的是对整个生活世界的大拒绝。一个有活力的空间，只要有了孩子，就没法做这样的断舍离。它一定会有堆叠，会有不时增加的角落。瓶瓶罐罐，邋邋遢遢，这样的房间才有人味儿。我甚至于觉得，断舍离本身已经很大程度上成了一种粗俗的营销，背后正在兜售一种单身贵族似的消费生活方式：他/她决意要一个人过，要买几件设计师单品，放在一个铺满微水泥的大白房子里，自己半跪着，面对一盆池坊花。

断舍离看起来像是一个人的精神世界，小到仅能放下自己。我不仇物，觉得并不是物，甚至也不是背后的资本给人带来了痛苦，不需要什么事都要找一个替罪羊。物和资本的痛苦都是外在施加的，要摆脱它并不是完全不可能，不买东西就行。真正的苦是内在的,是一种很摩登的苦,它可能源自一种人物二分的形而上学,把人看成宇宙大主宰,把物看成中立工具,继而可以任意使用它。任性的使用关系将人同物的本真的关系割断了,我们和物不再交往,只能利用。我经常观察自己的消费习惯,觉得之所以会囤很多东西,恰恰说明自己不重视东西。因为东西什么也不是,所以可以随意添置,想着还能随意丢弃。这才导致了海量物品涌入生活世界。而当东西太多,我就觉得堵得慌。东西仅仅是工具而没有别的什么维度,它们实在显得太多太琐碎了。

想真正摆脱物品的困扰,断舍离是不大做得到的。断舍离一旦走火入魔,就罹患仇物症,就像减肥者不幸得了厌食症一样。以为通过对物的排斥,就能纯化自己的精神世界,是一个特别单纯的错误。人都是物品依恋者,"物"是走入精神深处的梯子。我们经常说待人接物,接物的态度很大程度上反映待人的态度。如果你真的去践行断舍离,反倒可能会变成一个冰冷的人，没法自然地待人，要过一个很萧条的人生。任何一个中年人都知道，断舍离是无法维系家庭生活的。

感觉到为物所累，关键不在物自身，而在物的生产被少数人垄断，以至于很少有人还能对物有充分的知识和丰富一点儿的体验。我们大多仅仅知道一个东西用来干什么，但不知道它们从何而来。在商品时代，要建立妥当的人-物关系，势必要求一定程度上恢复对物的理解和熟悉，这有赖于发生一场内在精神的大变革。一旦开始真正重视物的介入，反而不会随意让大量的物涌入人生，就像重视爱情的人，伴侣数量通常也十分有限一样……

祟物

人是非常善于迁怒的动物，有不开心的事，就要怪罪谁。如果不是自己的错，就是别人错；如果不是别人的错，就是资本的错；资本也没错，那就是东西的错。不少人类学家和哲学家提示我们，人的本质不单是智人（*Homo sapiens*），而是劳动人（*Homo faber*）。物不是一个中立的、被动的工具，它实际上具有意向性，能参与构建我们的知觉和心灵。

我不打算复述学者们的高论，但接着他们的视角来观察，可知人对故人的追忆、对故事的反刍实际上不是在脑中任意完成的，它通常总是透过物的引导才能成就。人的精神像四处乱窜的苍蝇，很难安静下来，常常纷念叠起，千头万绪。物的呆板能给精神提供一个锚点，扣紧这个锚点，人才能从此岸的世界成功地登陆彼岸的世界，从世俗的生活跨入神圣的领域。就像涂尔干讲的那样，人的生活总是在世俗和神圣之间摆动。一个年轻人用一个东西，可能仅仅是把它当作纯粹的工具，当年龄不断增加，生活过往足够丰富并经过岁月的发酵之后，熟悉的物件就变成了一件礼器，承载着大量的生命信号。一言以蔽之，我们并不是简单地用一个东西去实现一个功能，我们与物"交往"。

对中年人来说，物不单是工具，它还关乎过去。铁丝并不仅仅被用来绑东西，它也可以被做成衣架。衣架多年以后还在，但做衣架的爸爸已经不在了，看着这个衣架，常常想起父亲。一个细腻的中年女人，把母亲去世前做的豆包冻了起来，一两年舍不得吃，就那么存在冰箱的角落，仿佛母亲还在人间，自己还能被她在乎。物比人坚挺，它因为缺少灵魂而呆滞、倔强，能够长时间保持一种姿势，因此成了一个完美的时间琥珀，看着它就能让人想起围绕它的人间苦乐。

对老人来讲，物则关乎未来。我逐渐理解为什么老人都有囤积癖。一方面，老一辈人所用到的全部的物，绝大部分的生命周期都是短暂的，这是由物性决定的。他们用草木灰刷碗，皂角洗头，纺线作衣，斫木成车。经过几次轮转，这些东西都会隐入烟尘，不留痕迹。可能因为这样，老一辈人特别爱惜"物"在每个轮转中的停留。但我怀疑更核心的原因可能是精神层面的。当你看到一屋子杂物的时候，老人心中的这些东西实际上都是整齐码放的，一点都不凌乱。在他们心里，当下用的东西当然是要保留的，而老的东西也不能丢，一方面是因为它们附着自己的心血和重要的生活记忆，使得丢弃了它们就像背叛了什么东西一样。

另一方面，也是最神奇的是，这些满载过去的物件，其实是储存在未来之中的。老人们经常说，这些东西不要扔，以后还能用得到。这提示我，未来用不到的东西，就真的无处安放了。对老人来说，旧物实际上是不是将来用得到不重要，真正重要的是将自己看成一个有未来的人！每个人在生命意义上都是一位老人，我们真正持有的只有"过去"，每当你注意到自己的"当下"，它其实已经成了过去。就是这样一个生活在过去时的物种，却要用最大的野心去盘算未来。有时候我想，每一次母亲掏出一个藏好的塑料袋去买菜，都是一次心灵的治愈活动，它确凿地说明旧物可以新用，枯木也可以逢春。

物于人生这么重要，以至于日本人不仅供奉人，还供奉东西。日本有一个很有意思活动叫"针供养"。妇女把用断了的针插在豆腐上给供奉起来。这是一个很重要的仪式活动，说是钢针一辈子勤劳，做个坚硬的刺头刺穿了很多东西，等它被用坏了，就要把它插在全世界最柔软的东西上，让它好好享福去。头次听说此事觉得有股荒诞气，后来心里有点儿酸。中国人不吃耕牛，日本人还要不舍断针。不过最近听说有国人在放生矿泉水，如果是真的，也算大败日本对手。

作为一种解释，日本学者冈田武彦将东方文化称作"崇物"的文化，而将西方的文化称作"制物"的文化。东方人对天下万物抱有很深的感恩的情怀，物在俗事上与人交往，而不是纯粹地被拿来使用。比方说中国的宇宙生成论强调格物致知，万物一体，天人合一。在这个宏大的语境下，中国人的心灵从来没有把物仅仅当作一个简单的工具，把人和物割裂在两个存在领域，而是视人和物为根本上联系着的，彼此亏欠着的。理解接物的态度，中国古人的精神世界，或许值得再一次走入。

后记　生命中的真问题

这本书脱胎于《信睿周报》上的专栏。受周报编辑吴洋的邀请，我在2022年决定要写一些通俗的技术哲学思考。接这个活之前我还挺焦虑，《信睿周报》的专栏一般都有固定的操作套路。不少人接活，自己的定位就是一个主理人。先执笔开个头，后面要陆续找同行来每个人写上一期。搭台唱戏，省心省力。像我这样亲力亲为的不多。自己专门来写思路就很难特别开阔。一个人阅读有限，笔力也容易枯竭，但好处在于比较连贯，有整体感。在中信出版集团图书编辑程时音的鼓励下，经过增删，现在能把专栏文章结集成书了。这就像是把小叶紫檀珠穿成串，能戴在手腕上以供打量了。

在这本小书里，我分别介绍了八九十年代以来比较常见的一些物品，从吃、穿、住、用、行等诸多方面回顾了我们曾经的技术处境。因为我自己在学院里做研究，常常感觉技术哲学、科技伦理相关学术讨论相对刻板，是一个很小的群体在对话，有些学者写作、发表的目的主要是在体制内锁定资源。相比科学哲学问题、科技伦理，技术哲学问题其实和大家都挺相关的。

大众之所以不关心科技哲学界的讨论，可能是因为我们写的东西非常干涩，作为精神食粮过于乏味，作为精神狗粮又不如营销号利口。世界上大多数人渴望别人能读懂自己，从青春期的少女到两鬓斑白的老头，都愿意倾诉并接受善意的揣测。唯独有些学院人士，自觉被普通人读懂是一件很没面子的事。他们认定，获得教职的两条标准是：获得博士学位和令人一头雾水。

据说有崇拜维特根斯坦的人,向他咨询怎么切入哲学。维特根斯坦自己路子比较野,很抵触人学哲学,他想要让人回头去关注那些自己生命中的真问题。陈嘉映对此也有类似的看法,他觉得就不该有哲学本科专业,因为哲学要面对生命问题。但十七八岁的年轻人的最大问题就是没有问题,他们的年纪对学哲学来说过于清白,就好比一个船长需要独眼,一个大哥需要刀疤一样,哲学需要沧桑。

我想,如果维特根斯坦知道外卖员热爱读海德格尔,他不会故作豁达地宣称这是外卖员的权利,他会觉得这是巨大的浪费,外卖员不用去读海德格尔,他应该阅读自己。我有一位同事头脑盛满智慧,曾启蒙我说:哲学也不是没有用。哲学如果是一堆概念,把听众侃晕,那哲学家和饶舌歌手是没有差别的,拼的主要是语速和愤怒。哲学应该有另外的样子,它要不就去找世界的根本结构(这通常是分析哲学家们的野心),要不就去回应每个人生命中非常具体的真问题。

这本小书回应的是我的生命中的真问题，里面所谈论的东西，都是一代人的亲身经历，有些部分我记忆犹新，有些我透过别人的回忆去追忆。

在这本小书里，透过对各种人工物的描述，我试图去刻画一个特定的生活世界。我知道，很难把人和物之间的关系用纯粹的定义和概念规定出来。人与物的交往和自己的日常生活经验直接相关，不能排除自己的身体性体验，因此更适合娓娓道来。透过现在去看过去，再翻回来从过去看现在，一来一回，就能编织出有意义的叙事。

一个人过了三十五岁，就到了要做总结的年龄。八九十年代，中国人和物的关系是非常特别的。一开始，中国人拒绝物的繁荣，觉得它象征一种堕落。后来，想法变了，物成了值得搜集和求索的东西，但东西总是非常贫乏，没太多可以选择的。每个东西在生活里面都不是冗余的，都算是刚需。因为这种普遍的刚需，技术人工物完全嵌入到了生活的基本结构里。

物和生活衔接得那么紧密，几乎没有没用的东西。每一个东西里面都凝固着人类的劳动，都是很稀罕的对象。东西在生活里不仅被使用，而且被照料。有关它们的想象力得到极大发展，竭力实现物力的最大化利用。慢慢地，技术物的多寡直接代表着生活水平的高低。生活水平的提高主要指免除生活匮乏和艰苦的劳役。在曾经非常沉闷单调的生活当中，每一个技术的引入都是一个炸雷，都可以轻易地调动非常热烈的情绪。

这时候，一件奇妙的事情在中华大地上发生了。生活世界逐渐去政治化，中国人观念中的多种差异逐渐统一到了追求技术改善所带来的物质生活的提升上来。不管你信奉什么主义，吃得更好一点，穿得更暖一点，晚上有灯照，出门有车乘，成为大家共同追求的目标。技术不姓资也不姓社，它只是个工具。工具是一个去人格化的存在，没有性格。在技术哲学家看来，工具中立论是不当的，它有一种人类中心主义的傲慢，将人当成了大主宰。但恰恰是这种傲慢意外地把技术物当作一种客观标准，统一了全球度量衡。技术人工物成了一把尺子，能裁定好思想与好制度。

当意识形态斗争非常激烈的时候，技术人工物就可以被拉来做仲裁人，在意识形态斗争接近尾声，需要搁置争议的时候，它又容易成为一个奋斗目标。在一次又一次的思想争论中，人们喋喋不休地讨论马克思和恩格斯如何理解科学与技术。最终，科学技术是直接且是第一生产力的看法占据了主流。

尽管科技的地位得到确立，追求物质生活的丰富也不再令人难堪，但八九十年代的物品还谈不上繁多，大部分人的生活尚没有被完全笼罩在科技理性的效率逻辑下。不少人还生活在单位的襁褓和大地的怀抱里，不需要或不大考虑住房、医疗等问题。生活中没有多少自己要做主的事，也就不用特别操心。曾经一度，科学技术发展所带来的物品繁荣基本上就是一种馈赠，技术人工物以最良善的面貌呈现在中国人的视野当中。不需要人发展事关技术的美德，只要懂得"惜物"一条就足够过上好日子了。

现在情况就不同了，科学技术远远地走在了社会的前面。为了使科技走得更快，我们很大程度上采用了一个高度竞争的市场机制，认为自由地竞争能够进一步鼓励创新，优化资源配置，最终进一步提高生活水平。除了一些事关国家安全的重要部门，很多产业向市场开放。越来越多的人从单位里面脱离出去，从土地上迁徙出去，开始直接面向另外一个世界。这个世界有着琳琅满目的物品，但常常令人疲累不堪。

今天的物常常是多余的，很难说是刚需。它们是被塞到当下生活当中来的，很多时候不是真实的需要。八九十年代出国的那批人，到了美国最受震撼的经历就是进超市。洋人的超市里光是牛奶就有好多种类，蛋糕有各种各样的口味。每一个品类下面都有很多细分，就连矿泉水都有十几种不同的品牌，口味的差别远不如包装来得大。今天咱们的情况也差不多。一个生在八十年代初的人，如果穿越到当下，走进任何一家大型的商超，都会察觉一种巨大的荒诞感。他/她大概会觉得二十一世纪的中国人小题大做，染上了小布尔乔亚的神经衰弱。一个勇敢的革命者，是不需要脱糖电饭煲的！

这种感受差不多是正确的。今天物品的确过多，变得过于令人瞩目，以至于成了生活的整个目标。因为生产能力过剩，在竞争中就要一步一步细分市场，内卷起来。有时候还要不断制造虚假需要，兜售理想生活。比方说，我对洗浴用品就经常产生疑惑，感到生产者动机不纯。洗手要用洗手液，洗脸需要洁面乳，洗身要用沐浴露，洗头发要用洗发香波。本质是把肥皂装到不同的瓶子里去卖。

现在到处都是东西，随时可以获得，这就使得人对物的态度发生了很大的改变。人们在吃、穿、住、行各个方面都不愿对东西赋予浓烈的情感。物在这个过程中逐渐退化成一个消耗品，呼之即来，挥之即去。在这个过程当中，东西就丧失了它的能动性，堕落成一件商品。商品虽然发达，但同时人们将相当的自主权让渡给了企业，要由企业和广告来定义究竟我们需要什么。

当然，我们还能在不同的商品中去拣选，但我不太喜欢这种选择，因为非选不可。我认识一个朋友，他二十几岁的时候长得不错，口才也很好，所以娶了我们系花。这几年情况不太好，身体发福，天天喝酒，一喝就醉，一醉就吐。后来系花要和他离婚，我去劝和。当时下着雨，我的这位朋友对着系花吼：你要么爱我，要么恨我！弄得他还挺重要似的。系花眼神空洞，心早就飞走了，爱和恨都不会再投入到他身上哪怕一点。我讲这段往事是想说，我不打算在海飞丝和飘柔之间做选择，我不认为这些选项是正当的，我只想用回肥皂。

广告商让我们在一堆废物当中选择。生活中大量充斥着各种各样的物品，它们如此廉价，如此众多，又如此脆弱，使得人养成了把所有东西当成快消品的习惯。我们已经不大接受一个东西用十年的观念。所有物品最后都成了"电子用品"，不管它有没有电池，它的活力都应当随着年月自然衰减。哪怕是一把椅子，好端端的，也会过时。

与此同时，物品又高度私人化了，都变成了"自己"的东西，东西买回来主要是为了满足自己的需要，不管这个需要是多么微不足道。这在以前是不可思议的。我在前文介绍过，八十年代的人买衣服所考虑的首先不是自己穿着舒不舒服，样子是不是中意，更多考虑的是它的角色功能。穿什么衣服，用什么东西，首要的不是满足自己的欲望，而是扮演好自己的角色，通过对物品的购入来组织人际关系。所有的物品本质上总是关系性的。

再比方说自行车，今天都是自己买车自己骑，很少有人骑车带人。满大街跑的共享单车，压根就没有后座，也没有前杠，它的长相就拒绝载人。共享单车的工业设计就是为了满足个人的通行需要。与此对照，当年的二八大杠买回家当然不仅是为了满足男性的个人需要。它有非常坚固的前杠，后座所使用的钢材也非常稳固。这样的车只要偶尔上一点机油，就能够非常好地运转很长时间。

在八九十年代的路上，一个常见的景象是，丈夫骑着车，妈妈抱着孩子坐在后座上。如果有俩孩子，还有一个要坐在前面的大杠上。一家人坐上车，还有空同时驮一些物品。可见，自行车虽然是父亲来使用，但整个家庭都受益。自行车将家庭紧密地凝聚在一起，它的功能要远远超过通勤，它是一种伯格曼谈到的焦点物，不是简单的工具。它能够帮助组织生活关系，生出很多意义感。

现在倒好，所有的东西都变成自己的，甚至连本该分享的住房都私人化了。比方说，因为居住环境的巨大改善，中国人的人均居住面积有40多平方米了。房子大到贵妇们要和老公分居，以便较为均匀地填充庞大的空间。一个人一间房，要进对方的屋，先要默契地敲敲门。这种情况非常新鲜，谁能想到在大平层里还能分家呢？为了捍卫这种新鲜，进而还发展了一种哲学，宣称即使是夫妻也要有自己空间，以后可能要发展到分别有自己孩子的地步。

柏拉图在《会饮篇》中讲了一个关于空间的故事。说是起先男人和女人在空间上是连在一块儿的，人是四手四足的。那时候人的本事太大，几能通天，后来引起了天神警惕，遂一刀两半，分为男女，降低了人的实力。男女本是一体，所以后来才会相互吸引，搞对象的时候要紧紧拥抱，这反映出人回归自我的冲动。以前空间稀缺，一家人蜗居，情深意笃。现在夫妻分屋，忽视了物质的稀缺和共享，实际上它们是组织家庭关系的一个要素。

除了多余与私享，现在的物还变得越来越陌生。所有的东西都隐退成了商品。人作为一个被动的消费者，不可能对购买的东西有很多知识。譬如说，没有任何一个人可以自己从头到尾制作手机，甚至打一个家具、织一件毛衣都变得不可企及。"物"只能交给少数专家来设计，大规模生产，大规模销售。物品如何行使功能，其背后的运转逻辑是什么，鲜有人知道。众所周知，人大都不愿意和陌生人打交道，处在一群陌生人当中，会让自己手足无措。可现代人却和一大堆陌生的东西打交道而乐此不疲，这其实是一个不健康的状态。

设想一个原始人的生活，他/她使用的每一个东西，自己都非常了解，知道它为什么发挥那个功能，也知道坏了的时候怎么调试。在这个原始社会里，每个人都天然有某种程度上的技术美德，他们了解手里的东西。其实，迟至八九十年代，虽然技术进步了，但很多家庭还是能做衣服、修自行车，不少人还可以自己鼓捣收音机。人不容易因为东西坏了、功能失常而变得手足无措，整个社会没那么脆弱。而现在就不同了，当家里断电，或者煤气用尽，乃至于短暂的断网都可能立刻让人陷入窘境。

随着专业分工的不断细化，人类生活的深度技术化，即使是技术专家也不可能对整个物品的生灭抱有全面视角。东西有人负责制造，有人负责运输，有人负责销毁，负责这三个部分的通常不是一批人。因此，每个人看到的都是一个"死的东西"，它被固定在一个特定的环节中，不引起变化，没有自己的历史。因为看不到物的历史，即那种在生产、流通和回收环节的整全变化，人们对物抱着非常粗糙的态度。

比方说买肉。肉当然是一个典型技术人工物，它不会从动物身上自动掉下来。一块肉的诞生实际上要经过复杂的饲养、屠宰、排酸、包装、灭菌、运输，再销售到你面前。据彼得·辛格的记载，为了保证母牛持续产崽，小牛从小就被人从母亲身边带走，好让母牛能不断受孕。而为了保证小牛肉的鲜嫩，荷兰的农民发明了极为狭窄的牛栏。小牛无法转身，又缺乏铁元素，就只好舔自己的粪便来补充。不过这样的牛肉吃起来鲜嫩多汁，不少高端食客都是其拥趸。

今天，肉作为一种技术人工物被不断地生产出来。如果你了解小牛是怎么诞生、成长和死亡的，你不大可能会买这块肉。恰恰是因为无知，我们才能足够残忍。生产小牛肉和八十年代农村杀年猪早已不是一回事了，让一个八十年代的农民这样对待自己的牲口，他们多半是下不了手的。

今天的物多余、私享且陌生，我们却比以往任何时候都更加乐观。技术哲学家卡尔·米切姆认为强调个人欲望的自由主义思想和重视效率的科学技术的共谋导致了这种愚蠢的乐观。人们认为作为商品的"物"可以不断增多下去，经济可以一直向上走，人们的生活会持续不断地富足。对未来保持乐观和保持希望是两件不同的事，前者可能是幼稚的，后者无论如何都要深沉得多。为了消解这种愚蠢的乐观,需要我们在科技进步主义之外对生活进行想象,以便应对技术挑战。技术哲学家夏农·维拉(Shanon Vallor)将把握技术的能力称为"技术美德",这是生活在深度科技化时代的人所要培养的特殊德性。好在对中国人来讲,只需要把时间往前捯三四十年就能获得不少灵感。